Gabriele Angelika Kuffner

Die Botschaft der Liebe

Inseln des Vertrauens

Eine spirituelle Liebesgeschichte

Bibliografische Information der Deutschen Nationalbibliothek:

Die Deutsche Nationalbibliothek verzeichnet diese Publikation in der Deutschen Nationalbibliografie; detaillierte bibliografische Daten sind im Internet über http://dnb.dnb.de abrufbar.

Illustration: Gabriele Angelika Kuffner
weitere Mitwirkende: Ulrike Solo

Herstellung und Verlag: BoD – Books on Demand, Norderstedt

ISBN: 978-3-7347-8329-6

INHALT:

Angel steht in Cornwall am Strand von Tintagel, in der Nähe von Merlins Cave und schaut dem sanften Wogen des Wassers zu, wie es bis zu ihren Füßen fließt und sich dann scheinbar wieder zurückzieht.

Mit jeder neuen Welle schwappt eine weitere Erinnerung heran – aus einem anderen Leben, genau an diesem Ort. Es ist bisher jedoch nur ein Gefühl des Erkennens und sich Erinnerns – ein sehr tiefes schmerzhaftes Gefühl, dem sie sich eigentlich noch nicht stellen will.

Aber genau deswegen ist sie schließlich hierhergekommen:
um endlich zu erfahren, wie und wo alles angefangen und geendet hat, und welchen Zusammenhang es zu ihrem jetzigen Leben gibt.

PROLOG

Es begann im vergangenen Jahr.

Durch einen Hinweis von ihrem Kristallschädel „Botschafter der Liebe" begab sich Angel nach Südfrankreich und folgte dort den Spuren in ein vergangenes Leben.

Angelina, die von allen der Einfachheit halber nur „Angel" genannt wird, durchlebte vor Ort noch einmal die wichtigsten Phasen, Höhen und Tiefen dieser Inkarnation bei den Katharern im 13.Jahrhundert.

Als ELOISE war sie eine Auserwählte für den Siebenstufen-Pfad der Erkenntnis und ein Kind des Lichts, wie man die Katharer auch nannte. Sie hatte sich in FREDERIC, einen Handelskaufmann aus Italien, verliebt. Leider konnten beide ihre Liebe nicht leben, da Eloise von der Inquisition mit vielen anderen Mitgliedern ihrer Glaubensfamilie auf dem Scheiterhaufen verbrannt wurde.

Angel traf Weggefährten aus jener Zeit wieder. Frederic ist im jetzigen Leben MICHEL und als Reiseführer in Südfrankreich tätig, wo er Touristen zu den historischen Stätten führt und die Lehre der Katharer vermittelt. Von ihrer Begegnung war er nicht begeistert und bedauerlicherweise wollte er den Kontakt zu Angel nicht aufrechterhalten.

Anders als sein Vater JULES, der in der Katharerzeit Eloises Onkel MACAIRE und ein ranghoher Katharer-Priester war.

Auch Jules ist der Katharer-Lehre treu geblieben und wird von den Einheimischen sogar der „Katharer-Professor" genannt.

Jules und Angel telefonieren oder chatten seitdem regelmäßig miteinander.

Dann begann die Weihnachtszeit – für Angel als Single immer eine Zeit des inneren und äußeren Rückzugs. Am Abend vor Weihnachten bereitete sie sich wieder auf eine Meditationsreise vor. Sie hatte gerade im Internet eine neue CD entdeckt, die sie auf mystische Pfade führen sollte.

Bereits in den ersten Minuten spürte sie, dass da eine Gefühlswelle auf sie zurollte.

Einzelne Bilder, die immer wieder unterbrochen wurden, zeigten verschiedene Szenen: in denen sie mit einem Mann in einem Bett lag, sehr intim und leidenschaftlich.

In der nächsten Sequenz trat eine als Priesterin gekleidete Frau auf sie zu und informierte sie über den Tod ihres Geliebten.

Danach sah sie sich durch den Wald laufen – völlig verwirrt und entsetzt. Wie konnte das nur geschehen, ohne dass sie eine Ahnung davon gehabt hatte? Als Priesterin von Avalon, mit seherischen Fähigkeiten ausgestattet, hätte sie doch zumindest ein Zeichen wahrnehmen müssen.

Als Angel die Augen aufschlug und sich mit einer Hand über das Gesicht fuhr, bemerkte sie, dass es tränen-überströmt war. Sie zitterte am ganzen Leib. Eine überwältigende Traurigkeit und tiefster Schmerz hatte sich in ihr ausgebreitet – in ihrem Kopf, in ihrem Herzen, in ihrem gesamten physischen Körper.

Kopfschüttelnd versuchte sie die Bruchstücke dieser Reise aneinanderzureihen.

Es war ihr bereits bekannt, dass sie eine Priesterin in Avalon war. Aber von einer Liebesgeschichte wusste sie bisher nichts.

So sehr sie sich auch an den folgenden Weihnachtsfeiertagen um Klarheit in ihren Meditationen bemühte, so erhielt sie immer wieder nur bruchstückhafte Bilder, die sich ständig, wie bei einem Filmriss, wiederholten.

Da sich sowohl Jules als auch ihre Freundin Carolin, mit der sie im gleichen Verlag beschäftigt ist, im Urlaub befanden, musste sie sich wohl einige Tage in Geduld üben.

So beschloss sie, diese Bilder erst einmal auszublenden und sich abzulenken. Leider ließen sich die Gefühle nicht so einfach abschalten. Immer wieder flossen völlig unmotiviert die Tränen – bei jedem Liebeslied, das sie hörte, bei jedem Text über Liebe und Seelengefährten, den sie las.

Als Carolin am Anfang des neuen Jahres gut erholt und bestens gelaunt aus dem Urlaub zurückkam, fand sie eine völlig erschöpfte Angel vor.

Nachdem diese alles über ihre merkwürdigen Visionen berichtet hatte, erkundigte sich Carolin bei ihr, ob sie denn mal ihren Kristallschädel „Botschafter der Liebe" dazu befragt hat.

Angel schaute sie erstaunt an, denn daran hatte sie in ihrem emotionalen Chaos überhaupt noch nicht gedacht.

Aber zunächst musste ihr die Freundin erst einmal von ihrem Urlaub berichten.

Sie hatte sich in Holland mit Bekannten getroffen, die sie in einer Internet-Gruppe kennengelernt hatte. Gemeinsam haben sie an einer schamanischen Zeremonie für Mutter Erde zur Wintersonnenwende teilgenommen und auch den Jahreswechsel gefeiert.

Carolin war total begeistert von den Menschen, denen sie auf dieser Reise begegnet war. Besonders angefreundet hatte sie sich mit Jan und Lina, die beide schon oft an derartigen Veranstaltungen teilgenommen hatten und mit denen sie sich recht gut in Deutsch und Englisch verständigen konnte.

Als Carolin nun Angel von den beiden erzählte, fiel ihr etwas Wichtiges aus einem ihrer Gespräche wieder ein.
Sie hatten überlegt, in der nächsten Zeit die mystischen Stätten in England zu besuchen. Am liebsten würden sie die Tour mit einem Auto oder Kleinbus unternehmen. Nun, da Angel sich ebenfalls mit Avalon beschäftigte, könnten sie doch gemeinsam fahren. Gleich am nächsten Tag wollte sie mit den beiden holländischen Freunden Kontakt aufnehmen.

Währenddessen nahm Angel ihren Kristallschädel „Botschafter der Liebe" und bat ihn um eine Botschaft.
Dieser schien nur darauf gewartet zu haben, mit ihr kommunizieren zu dürfen und fing sofort an, zu ihr zu sprechen:

„Hallo Angel,

wovor hast Du Angst?

Lange unterdrückte Gefühle brechen nun hervor und wollen endlich angeschaut, angenommen und geheilt werden·

Ich habe Dir ein neues Abenteuer auf den Spuren der Liebe angekündigt·

Nun ist es soweit·

11

Folge vertrauensvoll den Impulsen, die Du erhältst und den Freunden, die Dich begleiten und denen, die Du noch nicht kennst· So wird es Dir gelingen, die fehlenden Puzzleteile zu finden und zusammenzufügen·

Erinnere Dich immer daran:

Du bist ein Kind des Lichts und der Liebe·

Die Liebe hat viele Facetten und Gesichter·"

Für Angel klang das ziemlich kryptisch.

Aber solche Ansagen waren ihr nicht unbekannt. Sie vertraute ihrem Kristallschädel und wusste, dass sich eine ungewöhnliche, unerwartete, aber wunderbare Lösung dahinter verbarg.

Einige Tage danach berichtete ihr Carolin, dass Lina und Jan sich gern ihrer Reisegruppe anschließen möchten.

Nun galt es, noch ein wichtiges Problem zu lösen. Da sich die beiden Frauen nicht zutrauten, in England auf der linken Seite zu fahren, brauchten sie noch einen Fahrer. Auch da hatte Carolin schon einen Vorschlag parat – Markus, den sie von gemeinsamen Meditationsabenden her kannten. Wie sie wusste, war er beruflich viel unterwegs u.a. auch in England. Beim nächsten Treffen sprachen sie mit ihm und er war sofort begeistert von der Idee.

Die Planungen machten sie dann zu dritt. Markus kümmerte sich um den Kleinbus und empfahl, zunächst nach Cornwall zu fahren. Das wäre eine landschaftlich sehr schöne Strecke und sie könnten die ersten Kontakte mit Avalon in Tintagel aufnehmen.

Carolin und Angel wollten natürlich unbedingt nach Glastonbury und Chalice Well. Auch Stonehenge und Avebury wären interessante Ziele. Aber da wollten sie sich vor Ort inspirieren lassen.

Anfang Mai war es dann soweit.
Markus, Carolin und Angel fuhren zunächst nach Holland.
Dort trafen sie sich mit Lina und Jan und übernachteten bei Lina. Noch vor Sonnenaufgang fuhren sie nach Calais und nahmen die Fähre nach Dover.
Alles klappte reibungslos – die Überfahrt und die ca. 500 km lange Strecke nach Tintagel.

Am frühen Abend erreichten sie ihr Ziel. Nachdem sie sich in ihren Zimmern eingerichtet hatten, begaben sie sich auf einen kleinen Spaziergang, der ihnen nach der langen Fahrt gut tat. Ein gemeinsames Abendessen beschloss diesen ersten gemeinsamen Urlaubstag.

TINTAGEL CASTLE UND MERLINS CAVE

Mit dem Geräusch von Meeresrauschen erwacht Angel. Sogleich erinnert sie sich an ihren Traum von letzter Nacht: sie steht am Meer, in der Nähe einer Höhle und mit jeder Welle schwappen Bilder aus der Vergangenheit, aus einem früheren Leben herüber.
Sie sieht sich in ihrem Zimmer um und erkennt, dass sie nicht zu Hause, sondern bereits in England ist. Also ist es doch kein Traum – diese Reise mit Carolin, Markus, Lina und Jan.
Ein bisschen mulmig ist ihr schon zumute. Was erwartet sie wohl hier? Sie erinnert sich an die Worte ihres Kristallschädels und hofft darauf, die bruchstückhaften Erinnerungsfetzen aus ihren Visionen hier ergänzen und zusammensetzen zu können.

Angel trifft die Anderen beim Frühstück.
Sie sind bereits dabei, den heutigen Tag zu besprechen.
Erstes Ziel soll die Anlage von „Tintagel Castle" sein. Sie ragt hoch über dem Atlantik, auf einer Halbinsel in der Nähe der Ortschaft. Es sind noch Reste einer Burg aus dem 13.Jahrhundert zu besichtigen. Viel interessanter für Angel und ihre Freunde ist jedoch, dass der Sage nach König Arthur an diesem Platz gezeugt worden sein soll. Außerdem scheint diese Gegend für Rituale von den Kelten genutzt worden zu sein und eine phantastische Aussicht zu gewähren.

Sie hoffen, genau dort die richtige mystische Atmosphäre für eine Meditation vorzufinden. Markus und Jan haben extra einige Instrumente zur Begleitung mitgebracht.
Am späten Vormittag machen sie sich gemächlich auf den Weg zur Burg.

Gemeinsam mit ihren Freunden erklimmt Angel den steilen Weg hinauf zu Tintagel Castle. Die herrliche Aussicht entschädigt sie für ihre Mühe.

Nachdem sich ihr Puls wieder normalisiert hat, suchen sie sich einen Platz für ihre Meditation. Sie setzen sich auf den Boden und bilden dabei einen großen Kreis. Angel nimmt ihren Kristallschädel „Botschafter der Liebe" in die Hände. Markus hat eine Trommel mitgebracht und beginnt zuerst langsam, dann etwas schneller zu trommeln.

Angel fühlt, wie sie in eine andere Zeit hineingezogen wird.

Dort angekommen, läuft sie betend mit Priestern und Priesterinnen um ein Feuer. Irgendjemand schlägt einen eindringlichen Rhythmus auf einer Trommel. Flötenklänge dringen an ihr Ohr. Sie nimmt an einer Zeremonie teil.

Plötzlich weiß sie: es ist der 31.Oktober – die Nacht von Samhain, in der sich die Tore zu den anderen Dimensionen und dem Reich der Ahnen öffnen.

Der Nachthimmel ist voller Sterne und es scheint, als würden sie mit dem Licht der Fackeln und Feuer die Anwesenden in strahlenden Glanz einhüllen.

Angel ist ganz versunken in die Bilder, als sie die ihr bereits bekannte Stimme ihres Kristallschädels vernimmt:

„Versammelt standet Ihr an diesem Ort –
ein starker Wind berührte und trug Euch fort.
Merkwürdige Gestalten hielten das Tor Euch auf,
winkten Euch ins Reich der Nebel hinauf.
Verschwommene Gesichter sahen Euch an –
nicht zu erkennen, ob Frau oder Mann.
An einer Kreuzung bliebet Ihr stehen –
außer Schildern war nichts zu sehen.
Du drehtest Dich im Kreise
und vernahmst Stimmen ganz leise.
Während Du folgtest ihrem Rufen,
hörtest Du das Trappeln von Hufen.
Der Elfenkönig selber reichte vom Pferd herunter Dir die Hand
und hüllte Dich ein in sein goldenes Gewand.

Er wollte Dir zeigen die Wesen in seinem Land,
und Du gingst mit ihm – von seiner Ausstrahlung gebannt.
Alles schien sich in Zeitlupe zu bewegen.
Von Jedem erhieltest Du Deinen Segen.
Ihre Wünsche waren herzlich, aber wunderlich,
versprachen Dir alles umfassende Liebe ewiglich.
Lächelnd wurdest Du von ihnen gekrönt,
mit einem Blumenkranz aus Rosen verschönt.

Du fühltest Dich erhoben,

mit ihnen und allem verwoben·

Dann geleitete ihr König Dich zurück,

schenkte Dir an der Kreuzung einen letzten Blick·

Die Nacht war bald vorüber,

während Du gingst in Deine Welt wieder hinüber·

Du hattest noch nie so empfunden·

Sie hatten Dich mit ihrem Herzensband auf ewig verbunden·"

Angel ist etwas verwirrt, als der Schädel plötzlich in Reimen zu ihr spricht.
Dennoch sind die Worte und der Stil ihr sehr vertraut. Sie fühlt mehr als sie es weiß, dass Erinnerungen in ihr hochkommen.

Es ist, als würde sie schweben und ihre Gedanken Höhenflüge unternehmen in eine andere Dimension hinein. Sie hört Töne, die zu einer Melodie werden. Neben sich fühlt sie die Präsenz von mehreren Wesenheiten, die ihr irgendwie bekannt vorkommen. Sie spürt, wie sie von ihnen umringt wird. Lachend singen sie weiter ihr Lied, während sie Angel immer enger umkreisen. Und auf einmal erkennt sie sie wieder:
Es sind ihre Freundinnen aus dem Elfenreich, mit denen sie in ihrem früheren Leben eng verbunden war und mit denen sie Freude und Kummer geteilt hatte.

Angel bemerkt, dass Markus die Trommel langsamer und leiser anschlägt und die Stimmen der Elfen entfernen sich.

Nach einigen tiefen Atemzügen kehrt sie zurück in die Gegenwart. Ihre Freunde recken sich ebenfalls gerade und erheben sich. Wie es scheint, fällt es jedem von ihnen schwer, im Hier und Jetzt wieder anzukommen.

Sie beschließen, später über ihre Erlebnisse zu sprechen und zunächst eine Picknickpause einzulegen, bevor sie den Berg wieder hinunter und zu Merlins Cave gehen würden.

Merlins Cave ist eine der Höhlen am Fuße des Berges. Sie ist als Touristenattraktion genauso beliebt wie als spiritueller Ort. Legenden bringen Merlin und König Arthur damit in Verbindung.

Angel und ihre Freunde sind schon gespannt auf ihre eigenen Erlebnisse an diesem Ort.

Markus hat für diesen magischen Platz eine Sansula als Hilfsmittel ausgewählt – ein afrikanisches Instrument, bestehend aus einem ovalen Holzrahmen, der mit einem Trommelfell umspannt ist. Darauf sind auf einem Holzbrettchen verschiedene Metallfinger angebracht, mit denen durch Zupfen Töne erzeugt werden. Markus ist sehr geschickt darin, diesem kleinen handlichen Instrument Melodien zu entlocken.

Jan bleibt bei ihm, während Angel mit Carolin und Lina direkt am Wasser in der Nähe der Höhle die Klänge in sich aufnehmen wollen, die zu ihnen herüberschwingen.

Als Angel sich umsieht, erkennt sie die Szene aus ihrem Traum von letzter Nacht. Sie beschließt, ihre Angst hinter sich zu lassen und sich auf die Musik und das Rauschen der Wellen zu konzentrieren.

Ihre Freunde sind bei ihr und sie vertraut ihnen.

Der Kristallschädel „Botschafter der Liebe" sitzt zu ihren Füßen und sendet Wellen liebevoller Energie zu ihr. Er teilt ihr mit, dass dies die Fortsetzung seiner Botschaft vom Berg bei Tintagel Castle ist.

Angel spürt, wie sie wieder in eine andere Jahreszeit versetzt wird – zurück zum Tag von Samhain, dem 1.November.
Und wieder beginnt der Schädel zu ihr zu sprechen:

„Nun am nächsten Tag das Tor noch offen –

auf eine neue Reise wagst Du zu hoffen.

Wieder folge nun den Karawanen,

die sind auf dem Weg zu den Ahnen.

An der Kreuzung bleibe stehen,

dieses Mal, um in eine andere Richtung zu gehen.

Du bist nicht lange allein,

da führen sie Dich schon hinein

mitten ins Land der Feen,

die Du lange nicht mehr gesehen.

Am See angekommen

scheint alles im Nebel verschwommen."

Angel wartet, aber der Schädel schweigt. Sie ist bei seinen Worten in die andere Welt eingetaucht und steht nun am See, an ihrem See.

Plötzlich erkennt sie, was zu tun ist und beginnt selbst laut zur Herrin des Sees, der Wasserfee, zu sprechen:

„Im Namen von Avalon: lasse die Nebel verschwinden
und uns wieder miteinander verbinden.

So lang habe ich euch schon vermisst
und wurde ebenso lang nicht mehr geküsst
von euren sanften Energien.
Lange hatte ich mir selbst nicht verziehen.
Nun eile ich zu euch mit großen Schritten,
um Vergebung von euch zu erbitten.
Vor einer Ewigkeit bin ich hier gestorben.
Mein Schmerz und Rückzug hat alles verdorben,
was ich von euch als Geschenk durfte empfangen.
Ich möchte es nun wieder erlangen.

So erflehe ich jetzt eine neue Chance für die Weihen.
Könnt ihr mir noch einmal verzeihen?
Viele Leben habe ich die Liebe nur gehasst.
Jetzt ist der Schmerz endgültig verblasst.
Die Schleier lichteten sich
und Frieden kam über mich.

Erinnerungen traten aus dem Licht

und brachten das Strahlen zurück in mein Gesicht.

Erbitte nun erneut euren Segen.

Ich werde ihn auf ewig hüten und pflegen.“

Bereits während Angel die Worte spricht, hebt sich der Nebel über dem Wasser.

Die langsamen Wellen, die zuvor das Ufer erreichten, werden größer und heftiger, bis sich das Wasser teilt und die Herrin des Sees ans Ufer schreitet.

Lächelnd kommt die vertraute Gestalt an Land. Mit ihren sanften Augen schaut die Herrin des Sees der verlorenen Tochter tief ins Herz und umarmt sie liebevoll.

„Herzlich Willkommen zu Hause meine geliebte Tochter RIGANI.

Endlich ist es soweit, dass du dich wieder erinnerst.

Es gab und gibt nichts zu verzeihen. Du warst gefangen im Labyrinth des Schmerzes und der Trauer, hattest das Vertrauen in dich selbst und die Große Göttin verloren. Nun, da du den heiligen Boden wieder betreten hast, wirst du dich schnell erinnern und deine Kräfte zurückgewinnen - wenn du bereit dafür bist. Achte auf deine Träume und die Zeichen auf deinem Weg.

Sie werden dich lenken und leiten und dich zu den Stätten der Erinnerung führen· Diesen Weg wirst du nicht allein gehen· Öffne dein Herz und vertraue·

Rufe mich, wenn du meine Hilfe benötigst· Ich bin immer bei dir·"

Als Angel die Augen aufschlägt, kann sie immer noch die Berührung der Wasserfee spüren. Sie bemerkt Tränen der Freude und ein seliges Lächeln auf ihrem Gesicht.

Die Männer kommen im gleichen Moment aus der Höhle zu ihnen gelaufen.
Während Markus wie immer forsch voranschreitet, wirkt Jan eher etwas bedrückt. Deshalb machen sie sich auf den Rückweg, um dann nach einem gemütlichen Abendessen ihre Eindrücke zu besprechen.

Sie finden ein Restaurant, in dem Carolins Lieblingsspeisen – italienische Gerichte – angeboten werden.

Nach dem ereignisreichen ersten Tag sind sie froh, sich entspannt hinsetzen und unterhalten zu können.
Es stellt sich heraus, dass jeder von ihnen auf dem Berg nur kurze und noch recht unklare Informationen empfangen hat.

Dafür sind die Erlebnisse bei Merlins Cave umso intensiver und aufschlussreicher. Augenscheinlich ist es ein wahrhaft magischer Ort – mystisch und völlig unberechenbar, wie Markus nun berichtet:

Er geht – versunken in seine eigene Musik – mit seinem Geistführer über einen schmalen, steilen Pfad auf einen Berg. Oben angekommen fordert ihn sein wie ein Priester aussehender Begleiter auf, sein Leben aus einer anderen Perspektive zu betrachten. Als Markus daraufhin hinunter ins Tal schaut, sieht er auf eine atemberaubende Landschaft, die sich in eine Landkarte von England verwandelt, in der verschiedene Punkte markiert sind. Der Priester bittet ihn eindringlich, alle diese Orte aufzusuchen, ohne etwas zu verlieren. Dann verschwindet er, so dass er ihn nicht mehr fragen kann, wie das gemeint ist – ohne etwas zu verlieren?

Lina kann ebenfalls mit einem sehr mystischen Erlebnis aufzuwarten.

Während sie sich auf das Meeresrauschen einschwingt, taucht plötzlich vor ihren inneren Augen ein Einhorn auf und bietet ihr an, auf seinen Rücken zu steigen.
Es könnte sie nach Avalon bringen – nicht mit dem Boot oder über eine Brücke – sondern auf dem Luftweg über den mystischen nebelverhangenen See, hinüber zur geheimnisvollen Insel. Das lässt sich Lina nicht zwei Mal sagen.
Dort angekommen wird sie wie eine Königin empfangen. Ihr zu Ehren findet ein Fest statt.

Die Umgebung und die Menschen, denen sie begegnet, wirken so vertraut auf sie. Es fühlt sich so an, als würde sie dorthin gehören.

Widerstrebend verlässt sie die Gemeinschaft, um ins Hier und Jetzt zurück zu kehren.

Carolin hingegen begibt sich in der Meditation sogar auf einen anderen Kontinent, wie sie nun, immer noch etwas verwundert, ihre Bilder beschreibt.

Sie sieht sich von Indianern umgeben, die gemeinsam mit ihr einen rituellen Tanz mit Masken vollführen. Eine wichtige Rolle spielt dabei der Kopf eines Büffels.

Während sie ihren Freunden davon erzählt, erinnert sie sich dunkel daran, vor kurzem im Internet etwas von einer indianischen Prophezeiung über die Rückkehr der weißen Büffelfrau gelesen zu haben. Wie es scheint, würde sie sich etwas intensiver mit diesem Thema beschäftigen müssen.

Jan meint, er hat keine so interessanten Bilder und Informationen erhalten. Als die Anderen ihn drängen, von seinen Erlebnissen in der Höhle zu erzählen, berichtet er stockend, dass er das Gefühl gehabt hat, verfolgt zu werden. Am liebsten hätte er sich die ganze Zeit im dunkelsten Winkel der Höhle verkrochen. Die Angst, entdeckt zu werden, hat ihm die Kehle zugeschnürt.

Glücklicherweise beendet Markus in diesem Moment sein Sansula-Spiel und Jan nimmt dankbar das Zeichen an, um in die Gegenwart zurück zu kehren.

Sie diskutieren noch eine Weile über ihre jeweiligen Erkenntnisse. Schließlich einigen sie sich darauf, am nächsten Tag einer ganz bestimmten Spur nachzugehen. Bei einem Bummel durch den Ort wollen sie sich gemütlich umschauen und zunächst auf die Suche nach Markus ominöser Landkarte begeben.

TINTAGEL – „PURE MAGIC" UND TREBARWITH STRAND

In der Nacht schläft Angel sehr unruhig. Der Kristallschädel auf ihrem Nachttisch scheint unaufhörlich zu reden. Bilder wechseln sich ab, bevor sie sie greifen kann. Am Morgen kann sie sich an nichts erinnern.

Sie ist froh, dass die Anderen den heutigen Tag eher langsam angehen lassen möchten. Bei einem gemütlichen Ortsbummel wollen sie gemeinsam Pläne für die nächsten Tage schmieden.

Nach dem Frühstück machen sie sich auf den Weg.

Nachdem sie einige kleine Läden in Tintagel passiert haben, stehen Angel, Carolin und Lina vor einer Art Souvenirladen mit dem Schild „Pure Magic".

Als sie das Geschäft betreten, werden sie von einer Wolke verschiedener Gerüche und Düfte eingehüllt. Diese gehen wohl von einer Reihe Potpourri aus – Schalen mit verschiedenen getrockneten Blumen und Kräutern, deren Arten sich nicht leicht erschließen. Es gibt eine bunte Mischung an Artikeln hier: Bücher und Prospekte, Souvenirs unterschiedlichster Art, getrocknete Blumen- und Kräutermischungen, Räucherstäbchen, Orakelkarten, Heilsteine und vieles andere mehr.

Angel möchte gern ein Buch über Tintagel mitnehmen und so fragt sie die Verkäuferin nach Ausgaben in deutscher Sprache. Die junge Frau legt einen Stapel Bücher vor sie hin, als ihr Telefon läutet. Sie ruft nach einem Mann, der hinter einem Vorhang in einem anderen Raum sitzt und bittet ihn, sich während ihres Telefonates um die Kundin zu kümmern. Er tritt auf Angel zu und betrachtet ihre

Auswahl. Auf Deutsch fragt er sie, wofür sie sich speziell in Tintagel interessieren würde. Angel hat gar nicht auf ihn geachtet. Als er sie jedoch in ihrer Sprache anredet, schaut sie auf und bekommt Herzklopfen.

Zunächst versteht sie nicht, was so Aufregendes an dem Mann sein soll. Und dann sieht sie es: das Drachen-Tattoo auf seinem linken Unterarm.

Sogleich fällt ihr ein Traumbild aus der letzten Nacht ein. Sie hat dieses Drachen-Tattoo gesehen und ihr Kristallschädel hat ihr erzählt, wie wichtig das sei. Leider weiß sie nicht mehr, was genau daran so bedeutsam sein soll.

Der Mann schaut sie fragend an. Angel erinnert sich an seine Frage und erzählt ihm, dass sie mit Freunden eine Art Pilgerreise unternimmt, um auf den Spuren von Avalon zu wandeln. Nachdem er drei Bücher ausgewählt und vor sie hingelegt hat, bietet er sich überraschend als Reiseführer an.

Als Angel ihn skeptisch anschaut, stellt er sich als Lucas, der Cousin der Ladeninhaberin, vor. In den Sommermonaten arbeitet er gelegentlich als privater Reiseführer für gute Freunde und Bekannte. Da er im Moment jedoch keine Führungen geplant hat, könnte er Angel und ihren Begleitern die Gegend zeigen und sie zu wahrhaft magischen Plätzen führen.

Carolin und Lina, die sich inzwischen zu ihnen gesellt haben, sind sofort von dieser Idee begeistert. Lucas schlägt vor, sich am Abend zum Essen zu treffen. Er würde einen Tisch bestellen und dann können sie alles Weitere genauer besprechen.

Angel, die die ganze Zeit schweigt, ist damit auch einverstanden. So würde sie Gelegenheit bekommen, Lucas nach seinem Tattoo zu fragen.

Nach einem kurzen Lunch machen sie erst einmal einen Spaziergang nach Trebarwith Strand. Das herrliche, fast schon sommerliche Wetter und die Frühlingslandschaft fühlen sich himmlisch an. Der Strand in einer kleinen Bucht, umgeben von Felsen, die im Wasser stehen, mit kleinen Höhlen darin, erscheint ihnen optimal für eine gemeinsame Meditation.

Nachdem sie die Landkarte von Markus bisher nicht gefunden haben, wollen sie nun Carolin bei der Suche nach ihren indianischen Wurzeln und der weißen Büffelfrau unterstützen. Nach schamanischer Tradition werden sie die Elemente anrufen. Jan hat Rasseln für jeden mitgebracht und Markus nimmt wieder seine Trommel zur Hand.

Angel, Lina, Jan und Markus bilden einen Kreis um Carolin. Rasselnd und trommelnd verbeugen sie sich in alle Himmelsrichtungen und bitten die Feuergeister des Ostens, die Wassergeister des Südens, die Erdgeister des Westens und die Luftgeister des Nordens um Hinweise für Carolin.
Als die Anrufung beendet ist, halten sie inne und bilden einen energetischen Schutzkreis um ihre Freundin in der Kreismitte, während Markus weiter trommelt.

Angel nimmt das Rauschen des Meeres und Vogelgezwitscher wahr und fühlt die Verbundenheit mit den Anderen. Sie sieht sich als Teil eines keltischen Kreuzes, dessen Form sie gemeinsam nachgebildet haben. Der Energiestrom zwischen ihnen bewegt sich kreisförmig und verändert ständig seine Farbe, bis er sich im Zentrum in einem weißen Lichtstrahl bündelt und ihren Kreis in Richtung Himmel verlässt. Über ihnen scheint er nun wie ein Feuerwerk zu explodieren und wie ein Sternenregen auf sie alle herabzufallen.

Markus beendet die Reise durch einen langsamer werdenden Trommelrhythmus.
Wie sich herausstellt, haben die Anderen dieses Lichtspektakel ebenfalls in ähnlicher Form erlebt.
Carolin wirkt überglücklich. Sie hat eine Art Einweihung von ihren Geistführern – einem Adler und einem männlichen Ahnen – erhalten.
Die beiden haben sie aufgefordert, die weiße Büffelfrau anzurufen.
Diese würde sie in ihre Seelenaufgabe einweisen. Darin geht es um die Heilung von Mutter Erde, die Rückkehr der weiblichen Kraft und die Aktivierung der Herzensenergie.

Carolin verkündet begeistert, dass sie bei der nächsten Gelegenheit Kontakt mit der weißen Büffelfrau aufnehmen möchte. Ihre Freunde versichern ihr, dass sie sie gern dabei unterstützen werden.

Auf dem Rückweg ist der fremde Mann, den Angel im Souvenirladen getroffen hat, ständig in ihren Gedanken. Irgendetwas an ihm beunruhigt und fasziniert sie gleichermaßen.

Carolin tritt wissend lächelnd an ihre Seite. Sie fragt Angel, ob ihr überhaupt aufgefallen sei, wie gut dieser Lucas aussieht. Als diese sie daraufhin weist, dass sie nur das Drachen-Tattoo wahrgenommen hat, meint ihre Freundin nur lakonisch, dass sie dann heute beim Abendessen mal einen genaueren Blick riskieren soll. Was das mit „riskieren" zu tun haben soll, versteht Angel jedoch nicht.

Während sie weitergehen, mustert sie ihre kleine Gruppe. Ihr fällt auf, dass – nachdem das Ziel geklärt ist – Markus meistens zügig voranschreitend allein an der Spitze läuft und dabei stets einen gewissen Abstand zu ihnen hat. Hinter ihm befindet sich Lina, manchmal im Gespräch mit Jan. Dann folgen Angel und Carolin, wobei Carolin sich immer öfter in Jans Nähe aufhält.
Die Blicke, die Carolin Jan zuwirft, zeigen nicht nur höfliches Interesse an seiner Meinung. Als Angel sie jetzt darauf anspricht, gibt sie zu, sich zu ihm hingezogen zu fühlen. Die Art, wie er ihr halb deutsch, halb englisch antwortet und sie zwischendurch ansieht, findet sie unwiderstehlich. Außerdem sind seine Erzählungen über spirituelle Treffen mit Menschen aus aller Welt sehr interessant.
Angel ist überrascht, wie respektvoll und irgendwie liebevoll ihre Freundin über Jan spricht. Womöglich bahnt sich da etwas an?

Nach einer kurzen Pause in ihrem Hotel gehen sie gemeinsam zum Treffen mit Lucas. Im vereinbarten Restaurant wartet er bereits an einem Ecktisch auf sie.
Überschwänglich begrüßt er die Frauen und macht sich mit den Männern bekannt. Nachdem die Bestellungen aufgegeben sind, wollen Carolin und Lina natürlich etwas mehr über Lucas erfahren.

Er erzählt bereitwillig, dass er in Irland geboren wurde, seine Mutter aus Deutschland und sein Vater aus Irland kommt und er somit zweisprachig aufgewachsen ist.

Angel ist froh darüber. Sie ist ja hier, um etwas über ihre Vergangenheit zu erfahren. Einen so kompetenten Dolmetscher dabei an ihrer Seite zu haben, ist ein Geschenk des Himmels. Es ist ziemlich anstrengend für sie, immer zwischen zwei Sprachen hin und her zu springen.

Nach dem Essen fragt Lucas nach ihren bisherigen Erlebnissen und Plänen für die nächsten Tage. Sie berichten von ihren Ausflügen nach Tintagel Castle und Merlins Cave, ihren schamanischen Reisen, den Begegnungen mit Einhörnern, Feen und Elfen, Priesterinnen und Priestern von Avalon und auch von den Indianern und der weißen Büffelfrau. Lucas hört ihnen aufmerksam zu. Wegen der weißen Büffelfrau und den Indianern kann er ihnen nicht behilflich sein. Aber für die anderen Themen ist er genau der richtige Mann für sie.

Als er Angels skeptischen Blick sieht, zwinkert er ihr zu und erzählt von seiner irischen Familie, wobei er pathetisch die Arme ausstreckt.

In seiner Ahnengalerie finden sich viele Hexen, Druiden, Männer und Frauen mit dem zweiten Gesicht – der Gabe, Visionen zu empfangen und in die Zukunft zu sehen. Seine Großmutter hat ihn als Kind mit Naturgeistern bekannt gemacht. Feen, Elfen, Pflanzenwesen usw. gehören praktisch zu seinen Spielkameraden in der Kindheit.

Er schlägt Angel und ihren Freunden vor, sie am nächsten Tag über mystische Pfade zu führen, wo ihnen mit Sicherheit Naturwesen begegnen würden. Da auch die beiden Männer einverstanden sind, wollen sich die Frauen Lucas Führung anvertrauen. Das Ziel verrät er ihnen aber noch nicht.

Nach diesem aufregenden Tag kann Angel nicht einschlafen. Immer wieder sieht sie Lucas vor sich – wie er sie ansieht, wie er redet, gestikuliert und lacht.
Ihr Blick fällt dabei immer wieder auf sein Tattoo. Jetzt fällt ihr auch ein, dass sie ihn gar nicht danach gefragt hat. Es wird sicher noch genügend Gelegenheit dazu geben – nun, da er sich als Begleiter geradezu aufgedrängt hat.

Als Angel dann endlich einschläft, träumt sie:

Sie fliegt mit einem Mann, dessen Gesicht sie nicht erkennen kann, Hände haltend durch die Luft. Er sitzt dabei auf einem Drachen und sie auf einem Einhorn. Beide lachen und schauen sich verliebt an.

Erschrocken darüber erwacht Angel und setzt sich im Bett auf. Was für ein merkwürdiger Traum? Sogleich erinnert sie sich an die Worte der Wasserfee, dass sie auf ihre Träume achten solle.

Beruhigt legt sie sich hin und schläft wieder ein, um sofort in einen neuen Traum einzutauchen.

Die Wasserfee sitzt mit ihr am See. Gerade erzählt sie ihr, wie sie zur Insel gekommen ist.

Riganis Mutter ist noch sehr jung bei ihrer Geburt.
Eine Priesterin aus Avalon leistet Geburtshilfe und es gibt Komplikationen. Das Schicksal führt die junge Mutter in die Anderswelt, von wo es keine Rückkehr gibt.

Die Priesterin nimmt das Neugeborene mit auf die Insel und nennt sie RIGANI – nach der Göttin, die sich um das Wohl alles Lebenden kümmert und die Reichtümer der Erde beschützt.

Die Herrin von Avalon erkennt sofort das Potenzial in Rigani, das ihr Name beinhaltet. Sie sorgt dafür, dass sie in alle Bereiche von Avalon Einblick erhält und fördert ihre Stärken.
Bereits als kleines Mädchen zeigt sie ihr, wie man im Spiegel des Wassers Visionen erhalten kann.

Die kleine Rigani ist von der humorvollen und spielerischen Art und Weise, in der die Herrin von Avalon ihr dieses Wissen vermittelt, verzaubert und begeistert.
Deshalb nennt sie sie seitdem nur noch die „Wasserfee".

Im Alter von 16 Jahren sind Rigani alle Praktiken und Rituale der Priester und Priesterinnen soweit vertraut, so dass sie in der Lage ist, selbständig in der Außenwelt den Menschen und Tieren in allen Lebenslagen hilfreich beizustehen.

Lächelnd erwacht Angel nach diesem wunderschönen Traum und freut sich auf die bevorstehenden Erlebnisse.

TINTAGEL – ST. NECTANS GLEN

Der Morgen zeigt sich wieder von seiner schönsten Seite mit leicht bewölktem Himmel, schwachem Wind und angenehmer Frühlingstemperatur.

Alle sind schon sehr neugierig, wohin sie Lucas führen wird. Er wartet auch bereits auf sie vor dem Hotel. Ohne das Ziel zu verraten, klärt er sie darüber auf, dass die heutige Route nicht so lang ist wie der Wanderweg zum Trebarwith Strand. Es geht aber auch nicht darum, so schnell wie möglich zum geheimnisvollen Ort zu gelangen, sondern achtsam einen Fuß vor den anderen zu setzen, die Umgebung genau zu beobachten und alle Sinne einzusetzen. Nur dann würden sich ihnen die Tore zum Reich der Naturwesen öffnen.

Er bittet darum, sofort Bescheid zu geben, wenn einer von ihnen das Gefühl hat, eines dieser Wesen zu bemerken. An dieser Stelle würden sie dann anhalten, um den Anderen auch die Möglichkeit zur Beobachtung zu geben.

Angel ist immer noch skeptisch, ob Lucas die richtige Person für so ein Abenteuer ist. Aber als sie dann den Wald betreten, fühlen alle, dass Magie praktisch in der Luft liegt. Der Waldweg ist gesäumt von mit Efeu berankten Bäumen. Ein kleiner Fluss schlängelt sich dazwischen hindurch. Während sie aufmerksam laufen, bemerken sie lustiges Vogelgezwitscher.

Als sie an eine mit Farn übersäte Stelle gelangen, bittet Lina plötzlich um eine Pause.

Nach einigen Minuten Konzentration berichtet sie, dass sie mitten im Farn eine kreisrunde von Sonnenlicht bestrahlte Stelle gesehen hat. Darin bewegten sich helle Lichtpunkte. Als sie sie anspricht, erfährt sie, dass es sich um Devas handelt, die das Lichtfeld, sozusagen die Aura der Pflanzen, kontrollieren und gegebenenfalls mit Licht auffüllen. So erhalten die Pflanzen optimale Bedingungen für ihr Wachstum und die Vermehrung.

Lina erinnert sich auch, dass sie in Avalon mit diesen Naturengeln zusammen gearbeitet hat.

Außer ihr hat hier wohl keiner von den Anderen ein derartiges Erlebnis, obwohl Angel und Carolin ein Glitzern an der gleichen sonnenbeschienenen Stelle wahrgenommen haben.

An einem Platz, wo einige Steine aus dem Flussbett herausragen, ist es Jan, der auf Bewegungen am Flussufer deutet. Bevor die Anderen hinschauen können, sind die Wesen bereits im Ufergestrüpp verschwunden. Jan erzählt, dass sie den Schlümpfen ähnlich gesehen haben. Wahrscheinlich Zwerge – aber keine blauen. Alle lachen und halten das für einen Scherz. Aber Jan ist sich sicher, welche gesehen zu haben – Zwerge natürlich.

Er erinnert sich, dass er als kleines Kind mit den Zwergen immer Versteck gespielt hat. Seine Spielgefährten waren darin so gut, dass er sie nie finden konnte und sich dabei stets allein zurückgelassen gefühlt hat. Wenn er dann anfing zu weinen, ist meistens eine wunderschöne Fee erschienen, um ihn zu trösten.

Als sie weitergehen, hat Angel das Gefühl, beobachtet zu werden. Irgendjemand oder irgendetwas bewegt sich um ihren Kopf herum – ein leises Summen wie von winzigen Fliegen ist um sie herum.

Da sie dieses Gefühl bereits kennt, weiß sie auch sofort, dass das nur Elfen sein können. Sie bleibt stehen, um ihnen besser zuhören zu können:

„Hallo Rigani, schön dich wiederzusehen – noch dazu auf dem Pfad der Liebe."

Die drei kleinen Gestalten lachen und wispern mit ihren dünnen, leisen, kindlich klingenden Stimmen weiter:
„Das mit der Liebe ist doch ganz einfach, wenn du dir folgendes merkst:

Du kommst aus der Quelle allen Seins, wo es nur um LIEBE SEIN geht.
Dann trittst du in den menschlichen Körper ein, mit seinen sieben Chakren.
Im Kronen-Chakra geht es um LIEBE EMPFANGEN,
im Stirn-Chakra um LIEBE DENKEN,
im Hals-Chakra um LIEBE KOMMUNIZIEREN,
im Herz-Chakra um LIEBE FÜHLEN,
im Solarplexus-Chakra um LIEBE SENDEN,
im Sakral-Chakra um LIEBE ERLEBEN und
im Wurzel-Chakra um LIEBE VERANKERN.
Es ist ganz einfach. Habe keine Angst vor der Liebe."

Kichernd entfernen sich ihre Elfen-Freundinnen, wobei sie noch schnell eine Ladung Glitzerstaub versprühen·

Angel muss niesen und landet gedanklich wieder in der Gegenwart. Sie stellt fest, dass Lucas nun neben ihr geht. Ob er wohl etwas von ihrem Erlebnis mitbekommen hat?

Dann bemerken sie Felsen auf einer Seite des Weges und hören Wasser rauschen. Lucas zeigt voller Stolz auf ein wundervolles Panorama: vor ihnen befindet sich der Wasserfall von St. Nectans Glen, den sie bereits auf Fotos bewundert haben.

Da sie sich sehr zeitig am Morgen hierher auf den Weg gemacht haben, sind sie auch allein. Natürlich nehmen sie sich Zeit, um diesen Ort zu genießen und mit allen Sinnen aufzunehmen.
Lucas schlägt Markus und Jan vor, mit ihm direkt unter den Wasserfall zu gehen, um dort Altes abzuwaschen und sich auf allen Ebenen zu reinigen. Aus eigener Erfahrung rät er dazu, weil man sich danach wie neugeboren fühlt.

Obwohl das Wasser sehr kalt sein muss, gehen die Drei tapfer bis zum Wasserfall und stellen sich kurz darunter. Lucas spricht einen Segen für sie und danach eilen sie schnell wieder aus dem Wasser. Natürlich hat ihr Begleiter vorgesorgt und so können sich die Männer wieder trockene Sachen anziehen. Markus berichtet, dass er so eine Szene schon einmal erlebt haben muss. Er erinnert sich, solch eine Segnung in Avalon erhalten zu haben.
Auch Jan ist ganz begeistert von dieser Erfahrung und lächelt selig.

Damit die Frauen auch etwas von diesem magischen Ort mitnehmen können, entschließen sie sich für eine Meditation – jeder für sich, mit dem Rauschen des Wasserfalls im Hintergrund.

Angel hat wie immer ihren Kristallschädel „Botschafter der Liebe" mitgebracht. Als sie ihn nun auspackt, schaut Lucas interessiert zu ihr herüber, sagt aber nichts dazu.

Sie setzt sich etwas abseits auf einen Stein und versenkt sich in die Magie dieses Ortes. Langsam vermischen sich die Geräusche um St. Nectans Glen mit anderen, die aus der Ferne an ihr Ohr dringen.

Es ist Beltane, die Nacht vom 30. April. Nach dem langen Winter hält der Frühling Einzug. Die Sonne gewinnt immer mehr an Kraft und nährt und stärkt das Wachstum auf der Erde. Mit anderen Priesterinnen und Priestern ist Rigani eingeladen, um verschiedene Zeremonien durchzuführen bei diesem Fest der Fruchtbarkeit, des Feuers und des Lichts, der heiligen Hochzeit zwischen dem Männlichen und dem Weiblichen.
In einer Prozession schreiten sie segnend Felder, Wiesen und ein Waldstück ab. Mädchen und Frauen sammeln unterwegs Blumen und Zweige und flechten sie zu Kränzen und Girlanden, um sie in Bäche und den Fluss für die Wassergeister zu werfen und mit denen sie sich nun am Festplatz selbst schmücken.
Auch Rigani setzt sich einen Blütenkranz aus Blättern und Gänseblümchen auf.

Zwei Feuer für die nächtlichen Rituale sind bereits auf dem Festplatz angezündet. Tiere werden durch die Gasse zwischen den Feuern hindurch getrieben, um sie zu reinigen und ihnen heilenden Schutz zu geben. Nun sind die Menschen an der Reihe. Männer und Frauen springen einzeln, in Paaren nebeneinander oder sich an den Händen fassend über die Glut, um die gleichen Segnungen wie vorher die Tiere zu empfangen.

Rigani steht in einiger Entfernung zum Feuer, als sie bemerkt, dass sie beobachtet wird. Sie wendet sich um und sieht einige Fremde, die zu ihr und ihren Begleiterinnen hinüberschauen. Zwei Männer lösen sich von der Gruppe und kommen direkt auf sie zu.
Sie stellen sich als Erec und Lean vor und erkundigen sich nach der Bedeutung des Feuerbrauchs. Nachdem Rigani es ihnen erklärt hat, schauen sie eine Weile gemeinsam dem Treiben am Feuer schweigend zu. Schließlich bittet Erec Rigani darum, mit ihm gemeinsam über das Feuer zu springen. Er hat eine schwierige Aufgabe vor sich und kann deshalb jeglichen Segen dafür gebrauchen.

Sie schaut dem Fremden in die Augen. Für beide scheint es, als würden sie einander ihre Seelen offenlegen.

Dann nickt Rigani zustimmend und sie gehen gemeinsam zum Feuer· Als sie zum Sprung darüber ansetzen, greift Erec plötzlich nach ihrer Hand und zieht sie praktisch mit hinüber·

Auf der anderen Seite angekommen, hat Rigani das Gefühl, dass sich ihr Leben gerade grundlegend verändert hat·

Erec, der immer noch ihre Hand hält, zieht sie an den Rand des festlichen Geschehens, wo nun der Tanz um das Feuer eröffnet wird· Während ausgelassenes Treiben von der Nacht eingehüllt wird, sitzen sich die beiden gegenüber, halten sich an den Händen und schauen sich einfach nur an·

Irgendetwas ist passiert bei ihrem Feuersprung und für Rigani fühlt es sich wunderbar an·

Angel wird von lauten Geräuschen um sich herum in die Gegenwart zurückgeholt. Ihre Freunde rüsten sich zum Aufbruch.

Sie verstaut ihren Kristallschädel und schließt sich ihnen nach einem letzten Blick auf den magischen Wasserfall an.

Lucas läuft an ihrer Seite. Anscheinend sucht er nach einer Gelegenheit, sie nach dem Kristallschädel zu fragen. Als er dann endlich die Frage stellt, erzählt sie ihm das Wichtigste in Kurzform: dass ihr „Botschafter der Liebe" sie im vergangenen Jahr nach Südfrankreich geschickt hat, wo sie Menschen getroffen hat, mit denen sie in einem vergangenen Leben auf tragische Weise eng verbunden gewesen ist und dass sie dieser Schädel nun hierher auf die Spuren von Avalon geschickt hat.

Da Angel nicht so gern über ihre Liebesangelegenheiten mit Fremden spricht, lässt sie dabei die Liebesgeschichte einfach mal weg.

Sie ist sich sicher, dass es kein Zufall ist, dass sie Lucas hier getroffen hat. Aber so richtig traut sie ihm immer noch nicht, obwohl sich die Tour zu St. Nectans Glen als eine wundervolle Überraschung herausgestellt hat und er sich bisher als ein sachkundiger Begleiter erwiesen hat.

Zurück in Tintagel genehmigen sie sich einen Lunch und eine kurze Erholungspause, bevor sie von Lucas zur nächsten Überraschungstour geführt werden.

TINTAGEL – KING ARTHURS HALL

Am Nachmittag bringt Lucas sie ein paar Straßen weiter zu King Arthurs Hall. Auch dieses Gebäude wäre ein geplantes Besichtigungsziel von ihrer kleinen Gruppe gewesen. In diesem Haus, das Anfang der dreißiger Jahre des 20. Jahrhunderts von einem Privatmann erbaut wurde, befinden sich Kunstwerke und Gegenstände, die ein Bild von König Arthurs Zeit vermitteln. Ungeachtet dessen, dass alle diese Dinge erst in jüngster Zeit hergestellt sind, sagt man ihnen eine energetische Verbindung zu dieser mystischen Epoche nach.

Nun sind Angel und ihre Freunde ebenfalls hier und betreten die sogenannten heiligen Hallen. Sie spürt die Liebe, mit der die Räume eingerichtet sind. Am meisten fühlt sie sich jedoch zum Thronsaal hingezogen, genau wie ihre Freunde. Natürlich interessiert sich jeder erst einmal für den Thron. Die Wand dahinter schmücken wunderschöne Buntglasfenster.

Nachdem alle ihre Thronbesteigung als König bzw. Königin beendet haben, unterbreitet Lucas ihnen einen Vorschlag. Da bei dem schönen Wetter die meisten Touristen offensichtlich nicht den Wunsch verspüren, dieses Gebäude aufzusuchen, steht ihnen nun der Thronsaal für eine Meditation zur Verfügung. Er bietet an, gemeinsam mit seinem Freund aus dem Museum zur Begleitung zu trommeln. Erst da bemerken sie die große Trommel, die auf einem hölzernen Gestell in einer Ecke des Raumes steht.
Angel, Carolin, Markus, Lina und Jan sind sofort begeistert davon. An den Wänden der Halle stehen Stühle. Jeder von ihnen nimmt sich

einen und stellt ihn an den Tisch, der sich vor dem Thron befindet. Dann nehmen sie erst einmal stehend ihren Platz am Tisch ein. Mit dem Einverständnis ihrer Freunde stellt Angel ihren Kristallschädel „Botschafter der Liebe" in die Mitte des Tisches. Dann legt jeder seine Hände so auf den Tisch, dass sich ihre Finger mit denen des neben ihm Stehenden berühren. Lucas und sein Freund beginnen zu trommeln, während Markus die Ahnen bittet, ihnen den Zugang zu Avalon zu gewähren. Nachdem die Verbindung hergestellt ist, nehmen sie auf den Stühlen Platz und begeben sich auf ihre eigene innere Reise.

Angel denkt dabei an die heftigen Gefühle, die sie am vergangenen Weihnachtsfest ergriffen haben und die sie letztendlich hierher geführt haben.
Nachdem sie am Wasserfall von St. Nectans Glen die erste Begegnung mit ihrem Seelenpartner von Avalon noch einmal erlebt hat, zögert sie, sich der nächsten Erinnerung zu stellen. Aber die Trommeln und die Energie ihres Kristallschädels tragen sie unaufhaltsam in die Zeitschleife hinein.

Erec ist zu einem Fest bei König Arthur eingeladen und hat Rigani in der Nacht von Beltane gebeten, als seine Begleiterin mitzukommen. Sie hat den König zuvor bereits ein Mal kurz getroffen, als er die Wasserfee zu sich gebeten hat und Rigani sie dorthin begleiten durfte. Nun sitzt sie mit Erec und seinem Freund Lean an einer großen Tafel. Um sie herum herrscht fröhliches und ausgelassenes Treiben.

Es scheint in diesem Moment und hier an diesem Ort keinerlei Sorgen zu geben. So lässt sie sich das Essen munden und hört Erec interessiert zu, was er über sich berichtet.

Er und sein Freund Lean kommen aus einer Gegend mit hohen felsigen Bergen. Sie sind weit gereist, um König Arthur die Botschaft eines Verbündeten zu überbringen und ihre Dienste dem berühmten König anzubieten. Der besagte Verbündete ist Erecs Vater und das Oberhaupt des Drachenclans. Lean ist als sein bester Freund und vom Drachenclan beauftragter erfahrener Krieger mitgekommen. Der König hat sich bereit erklärt, die Gesandten in den nächsten Tagen zu empfangen und anzuhören. Erec möchte die Wartezeit nutzen, um Rigani besser kennenzulernen.

Da die Rückkehr der Priesterinnen und Priester, die am Beltane-Fest teilgenommen haben, erst in einer Woche vorgesehen ist und sie sich am Hof von König Arthur sicher fühlt, sieht Rigani keinen Grund für eine Zurückweisung der Einladung. Mit etwas Geschick und Einfühlungsvermögen würde sie schon herausfinden, weshalb sie sich von dem Fremden so magisch angezogen und in seiner Gegenwart geborgen fühlt. Wenn sie doch nur nicht dauernd dieses laute Herzklopfen hätte, wenn sie an ihn denkt oder ihn nur ansieht. Ganz schlimm ist es jedes Mal, wenn sie in seiner Nähe ist. Dann galoppiert ihr Herz in einem raschen Tempo, das ihr den Atem nimmt.

Da der König es nicht eilig hat, Erec und sein Gefolge zu empfangen, haben sie in den folgenden Tagen viel Zeit für ausführliche Gespräche und ausgedehnte Spaziergänge durch die Wiesen und am Fluss entlang.

Erec zeigt offen sein Interesse an Rigani. Wann immer sich eine Gelegenheit bietet, berührt er sie oder nimmt ihre Hand, um ihr über unebene Wege zu helfen oder Hindernissen auszuweichen. Dabei zieht er ihren Körper gern eng an sich heran, bis sie sich unausweichlich, wie zufällig, berühren müssen. Rigani findet es sehr angenehm, einander so nah zu sein.
Als sie sich nach dem ersten Abend trennen, küsst er sie zum Abschied auf die Stirn. Bereits am zweiten Abend küsst er sie auf den Mund – nicht sanft, wie es Rigani nach dem Kuss vom Vorabend erwartet hätte, sondern fordernd, als würde er ihr sein Zeichen aufdrücken wollen.
Am dritten Tag an König Arthurs Hof wird Rigani als Priesterin zu einer Familie gerufen.

Ein Kind fiebert und ihre heilerischen Fähigkeiten sind gefragt. Erec und sein Freund Lean begleiten sie zu ihrem Schutz und auch weil sie sie bei ihrer Arbeit beobachten möchten.

Während die beiden Männer von zwei älteren Frauen als Gäste bewirtet werden, wendet sich Rigani dem kranken Kind zu. Mitfühlend hört sie der besorgten Mutter zu, während sie den kleinen Jungen untersucht. Sie spricht leise zu ihm und gibt ihm eine mitgebrachte Kräutermedizin. Während das Kind wieder einschläft, lässt sie ihre Hände langsam über seinen Körper gleiten und spricht lautlos ein Gebet.

Nachdem die Mutter des Jungen noch einige Instruktionen von Rigani erhalten hat, verabschieden sie sich.

Auf dem Rückweg zeigt Erec, dass er die Priesterin die ganze Zeit aufmerksam beobachtet hat. Er fragt sie, wie sie sich fühlt bei so einer Behandlung.

Als Rigani ihn verständnislos anschaut, erklärt er ihr, dass er sie in einen hellen Lichtschein eingehüllt wahrgenommen hat, als wäre sie ein überirdisches Wesen in diesem Moment.

Rigani bestätigt ihm, dass sie sich während der Prozedur in einen anderen Bewusstseins-Zustand begibt. Da fühlt sie sich selbst körperlos und als reinen Geist. Sie lässt dabei jegliche Identifikation an Körper oder Person los und kehrt zurück zur göttlichen Quelle allen Seins, um alles Notwendige für das hilfsbedürftige Wesen daraus zu schöpfen und dann in dessen Körper-Geist-System zu verankern.

Die bewundernden Blicke von Erec und Lean sind ihr unangenehm. Sie hat schließlich nur das getan, was man sie gelehrt hat.

Die beiden erzählen ihr, dass es auch in ihren Familien Heiler und Heilerinnen gibt. Erecs Vater – als Oberhaupt des Drachen-Clans – achtet jedoch stets darauf, dass seine eigenen Söhne sich ausschließlich der Entwicklung ihrer kämpferischen Fähigkeiten bzw. Männern zugeordneten Tätigkeiten beschäftigen.

Als kleine Jungen haben die beiden Männer gern mal einen Blick zu den Frauenaktivitäten riskiert. Deren tieferen Sinn haben sie jedoch nie so richtig ergründen können, gestehen sie lachend.

Einige Tage später erhält Erec die erhoffte Audienz bei König Arthur, die sehr erfreulich für alle beteiligten Seiten verläuft.

Für Erec und Rigani bedeutet das jedoch erst einmal die Trennung.

Rigani kehrt mit ihren Schwestern und Brüdern nach Avalon zurück und Erec wird mit einer speziellen Aufgabe betreut, die ihn für einige Wochen vom Königshof fernhält.

Sie begegnen sich später jedoch immer wieder bei verschiedenen Anlässen und Gelegenheiten. Rigani kann nicht glauben, dass das immer zufällig geschieht. Offensichtlich findet Erec auch bei jeder Begegnung einen Weg, damit sie eine Zeit lang allein miteinander sein können.

Er zeigt und sagt ihr jedes Mal, wie schön und begehrenswert er sie findet und wie sehr er ebenfalls ihre Arbeit als Priesterin zu schätzen weiß. Wenn sie erschöpft wirkt, nimmt er sie ohne Worte einfach nur in seine starken Arme und hält sie eng umschlungen.
Bei jedem Abschied küsst er sie leidenschaftlich. Rigani hat sich inzwischen an sein forsches Auftreten in dieser Hinsicht gewöhnt.
Da ihr seine Liebkosungen mehr als gut tun, nimmt sie sie gern an und erwidert sie sogar. Allerdings ist sie dabei noch etwas zurückhaltend, da sie solche Gefühle, wie Erec sie bei ihr auslöst, bisher nicht kennt.
Obwohl Erec sie nicht drängt, nimmt sie sich vor, die Wasserfee um Rat zu bitten.

Die Wasserfee schaut sie wohlwollend und interessiert an, als Rigani ihr von ihren Begegnungen und Gefühlen für Erec berichtet.

Sie findet es faszinierend, wie die Große Göttin diese beiden wunderbaren Menschen zusammengeführt hat.

Rigani erklärt sie, dass sie damit zwar nicht gerechnet hat, aber dass sich für alle Beteiligten und das große Ganze nun neue Möglichkeiten ergeben. Die junge Priesterin versteht nicht, was sie meint. Da lacht ihre Mentorin und meint, dass Rigani nun die Liebe in ihren irdischen Aspekten kennenlernen wird. Aber zuvor gilt es, erst einmal Erecs Absichten in Bezug auf Rigani und sein Verhältnis zu anderen Frauen zu betrachten.

Rigani hat Erec selbst schon nach seinen Absichten gefragt. Er hat in seiner geradlinigen, ehrlichen und aufrichtigen Art ihren Eindruck bestätigt, dass er daran interessiert ist, sie als seine Frau zu gewinnen. Anderen Frauen gegenüber tritt er freundlich und hilfsbereit, aber mit einer gewissen respektvollen Distanziertheit auf. Wenn er doch einmal etwas länger mit einer Frau im Gespräch ist, dann nur in Gegenwart seines Freundes Lean und anscheinend mit der Absicht, diesen zu verkuppeln.

Rigani gesteht der Wasserfee ihre heftigen Gefühle für diesen besonderen Mann und fragt diese, ob es denn überhaupt erlaubt sei, dass sie als Priesterin einen Mann ehelicht.

Die Wasserfee schaut sie ernst an und erklärt ihr, dass das unter Umständen sogar sehr wichtig ist. Sie erinnert ihren Schützling daran, dass ihr Verehrer ein Mitglied des Drachen-Clans ist. Auf ihre Frage, ob er da nicht ein bestimmtes Zeichen oder Symbol trägt, bestätigt Rigani ihr, dass ein Drachenbild auf seinen linken Unterarm gemalt ist.

Nun, da Rigani sich ihr wegen ihrer Gefühle für diesen Mann offenbart hat, gibt ihr die Wasserfee einige Ratschläge für einen möglichen gemeinsamen Weg der beiden Verliebten.

Rigani möchte vor allem auch wissen, wie sie sich verhalten soll, wenn Erec sie bittet, das Bett mit ihm in Liebe zu teilen.

Sie ist natürlich, wie alle anderen Schwestern und Brüder, in Avalon bestens theoretisch über diesen Aspekt der Vereinigung von Mann und Frau aufgeklärt, hat es jedoch bisher noch nicht praktiziert.

Die Wasserfee lächelt sanft und erklärt ihr, dass es dafür letztendlich keine Anleitung geben kann, außer dass sie ihrem Herzen folgt.

Das schönste Geschenk, das eine Frau einem Mann geben kann, ist ihre Hingabe an ihn und an sich selbst in ihm· Umgekehrt gilt natürlich das Gleiche für den Mann· Wenn beide sich lieben und sich dem anderen schenken, dann geschieht nicht nur eine Vereinigung der Körper, sondern auch auf der seelischen Ebene· Das würde sie dann schon spüren·

Mit der Zeit würde es ihr dann auch gelingen, sich auf diesem Weg einen Zugang zur göttlichen Quelle zu bahnen·

Das wiederum könnte zu einer Öffnung bzw· Erweiterung ihrer geistigen Kanäle und spirituellen Fähigkeiten führen·

Wichtig ist ebenfalls, dass sie ihre Liebe aus dem Herzen mit Erecs Drachenenergie verbindet· Dadurch könnten sie beide ein enormes Feld aus Licht und Liebe erschaffen und zum Wohle der Schöpfung einsetzen·

Dazu soll Rigani ihre linke Hand auf ihr Herz legen und ihre Herzens-Liebe zu Erec in die Hand hinein fließen lassen· Dann legt sie diese Hand auf sein Drachenbild, durch das Erec seine Liebe zu ihr fließen lässt· Sie werden merken, wie sich die beiden Energieströme verbinden· In diesem Moment sind sie Eins und können als ein Wesen in Körper und Geist agieren·

Mit ihrer Liebe nährt Rigani somit den Drachen in Erec und gibt ihm Schutz und zusätzliche Kraft· Umgekehrt wird auch sie auf diese Weise von ihm genährt· So können sie als Einheit, mit potenzierter Energie ihrer jeweiligen Berufung in diesem Leben folgen·

An dieser Stelle verstummen die Trommeln und Angel kehrt widerstrebend und gezwungenermaßen in die Gegenwart zurück. Sie fühlt sich benommen und braucht einige tiefe Atemzüge, um die Umgebung und die Menschen in diesem Raum wieder ganz wahrzunehmen. Die Anderen sind ebenfalls noch mit sich und ihren Erlebnissen beschäftigt. So beschließt sie, sich schnell noch ein paar Notizen über ihre Reise in die Vergangenheit zu machen.

Als sie damit fertig ist, bemerkt sie, dass Lina und Carolin ebenfalls fleißig am Schreiben sind, während die Männer sich mit Lucas und dessen Freund leise in einer Ecke des Thronsaales unterhalten.

Lina lächelt die beiden anderen Frauen strahlend an und erzählt von den Bildern, die sie während der Trommelreise empfangen hat:

Sie sieht sich als Priesterin in Avalon, umgeben von Novizinnen· Als weise ältere Frau verehren sie die Jüngeren· Ihre Aufgabe ist es, die Gaben ihrer Schülerinnen zu erkennen und zu fördern· Sie ist in vielen Gebieten bewandert· So kennt sie die unterschiedliche Wirkung der Farben, die wirksamsten

Anwendungsmöglichkeiten von Pflanzen, Sträuchern und Bäumen, entwirft Amulette und Symbole für verschiedene Anlässe und kennt sich mit Heilgebeten und Segnungen bestens aus. Natürlich ist sie auch den Naturwesen sehr verbunden. Am liebsten mag sie die Einhörner.

Angel und Carolin sind begeistert von Linas Erzählung. Es fühlt sich alles so stimmig an für sie. Nun ist Carolin an der Reihe mit ihrem Bericht:

Auch Carolin sieht sich als erfahrene Priesterin in Avalon. Ihr Spezialgebiet ist, Mutter Erde zu dienen.
So ist sie zuständig dafür, dass der heilige Boden von Avalon und außerhalb der Insel rein ist und voller Energie, damit alles Notwendige für ein irdisches Leben wachsen und gedeihen kann. Außerdem arbeitet sie mit der Mondenergie und stellt die Verbindung zwischen Mutter Erde und dem Kosmos her, um Welt- und Zeit-Tore für die Entwicklung der Menschheit zu nutzen.

Und wieder begegnet ihr die weiße Büffel-Energie.
Ein Hohepriester überreicht ihr während einer Einweihung das weiße Horn eines Büffels.

Bevor Carolin jedoch Näheres dazu erfragen kann, ist die Reise beendet. Aber sie ist sich ganz sicher, dass sie noch herausfindet, wie sie mit der weißen Büffelenergie arbeiten kann.

Angel kommt nicht mehr dazu, den beiden ihre Erfahrungen mitzuteilen, da die Männer nun auf sie zukommen. Sie haben beschlossen, den Abend bei einer Grillparty zu verbringen. Diese findet natürlich bei Freunden von Lucas statt.
Angel fragt sich, ob der Mann von nun ab ihre gesamte Reise bestimmen würde. Hat er denn nichts Besseres zu tun?
Na ja, ein bisschen hat sie Angst, dass sie mit ihren eingerosteten Englisch-Kenntnissen nicht viel verstehen wird. Es ist nicht zu erwarten, dass Lucas Bekannte auch so gut Deutsch sprechen wie er. Da ihre Freunde erfreut zusagen, kann sie schlecht ablehnen.

Als sie am späten Abend am vereinbarten Platz eintreffen, finden sie nur Lucas und seinen Freund, den sie in King Arthurs Hall kennengelernt haben, vor. Auf Carolins Frage, wo denn die Anderen sind, antwortet Lucas, dass sie später, nach ihrem Auftritt auf einer Veranstaltung dazukämen.

Da Lucas und sein Freund mit den Grillvorbereitungen beschäftigt sind, bedienen sie sich erst einmal mit den angebotenen Getränken und nehmen Platz.

Carolin, Angel und Lina nutzen die Gelegenheit und erkundigen sich bei Markus und Jan, wie es ihnen während der Meditation in King Arthurs Hall ergangen ist.

Die beiden schauen sich zuerst an und nicken dann einander zu. Die drei Frauen sind darüber verwundert und fragen sie, was denn passiert ist. Schließlich beginnt Jan zu erzählen:

Er steht gemeinsam mit anderen Novizen von Avalon vor dem Eingang zum Inneren eines Berges· Ein Hohepriester erklärt ihnen gerade, was sie in dieser letzten Prüfung vor ihrer Einweihung als Priester erwartet· Sie werden den Berg ohne Hilfsmittel und Licht betreten und den Weg hindurch zum Ausgang finden – einer nach dem Anderen, in einem zeitlichen Abstand, so dass sie einander nicht begegnen· Unterwegs sind verschiedene Aufgaben zu lösen, die sie zu gegebener Zeit erkennen werden·

Der Pfad, den Jan betritt, ist am Anfang so breit, dass drei Menschen gut nebeneinander gehen könnten und ist noch vom Tageslicht beschienen· Nach der ersten Biegung wird es deutlich dunkler und der Durchgang enger· Je weiter er voranschreitet, umso weniger kann er sehen· Schließlich kann er sich in der Dunkelheit nur noch blind voran tasten· Als er an eine Weggabelung kommt, gewinnt die Angst, sich zu verlaufen und den Berg nie wieder verlassen zu können, die Oberhand· Panisch tastet er sich an den Wänden entlang, dann wieder zurück· Er fühlt sich wie ein Gefangener in einem Labyrinth·

In diesem Moment hat er völlig vergessen, warum er an diesem Ort ist. Nachdem er, sich ständig im Kreis drehend, eine scheinbar endlose Zeit herumgeirrt ist, getrieben von undefinierbaren Geräuschen und undeutlichen Stimmen, sinkt er verzweifelt und am Ende seiner physischen und psychischen Kräfte zu Boden – in der Gewissheit, niemals wieder das Tageslicht zu erblicken.

Jan schaut wieder zu Markus und bittet ihn, zum Erstaunen der Frauen an dieser Stelle seine eigene Geschichte zu erzählen:

Auch er nimmt an dieser Prüfung im Berg teil. Zielsicher macht er sich auf den Weg, dabei immer wieder eine Zeit lang innehaltend und reflektierend, was in diesem Moment mit ihm und um ihn herum passiert. Er nimmt Geräusche von tropfendem Wasser wahr und ein unerklärliches Scharren und Kratzen auf Stein. Schatten an den Wänden bestätigen ihm, dass seine Sinne Illusionen erzeugen.
Er weiß, dass er es nur mit seinen eigenen Ängsten zu tun hat und besinnt sich auf seine Aufgabe: den Ausgang des Tunnels zu erreichen. Um den richtigen Weg zu finden, verlässt er sich auf seine inneren Augen, mit denen er seine Umgebung ausleuchtet. Entsprechend vorsichtig aber stetig bewegt er sich vorwärts.

Plötzlich vernimmt er eine wimmernde Stimme und einen Schmerzenslaut· Er bleibt stehen und überlegt, was er tun soll· Eigentlich ist es so vorgesehen, dass jeder seiner Brüder diese Prüfung allein absolvieren soll· Außerdem könnte das, was er gehört hat, auch eine Illusion sein· Andererseits fühlt er ein Drängen aus seinem Herzen, der Stimme zu folgen und nachzusehen, was da geschehen ist·

Als der Druck in seinem Herzen sich weiter verstärkt, kehrt er um und geht den Pfad, den er kurz zuvor gemeistert hat, wieder zurück· Schließlich findet er eine am Boden liegende Gestalt· Als er seinen Bruder anspricht, zuckt dieser erschrocken zusammen· Dann erkennt er jedoch die Stimme und beruhigt sich etwas· Stockend erzählt er, dass er sich in seiner Panik zu schnell bewegt hat und dabei über ein Hindernis gestolpert ist· Offensichtlich hat er sich dabei den Fuß verletzt und kann nicht allein aufstehen·

Markus erkennt, dass sein Gefährte die Situation noch nicht durchschaut hat· Er nimmt seine Hand und bittet ihn, seine inneren Augen zu aktivieren· So soll er ihn und sich selbst anschauen, damit er erkennen kann, wer und wo er wirklich ist· Endlich lässt der Verletzte seine Angst los und erkennt seinen

Bruder und sich selbst im Anderen. Beide sprechen es gleichzeitig aus: Ich bin Du und Du bist Ich.

Gemeinsam machen sie sich auf zum Ziel, das unerwartet nach wenigen Minuten vor ihnen auftaucht.

Wieder im Tageslicht empfängt sie der Hohepriester mit einem wissenden Lächeln. Er umarmt sie und gratuliert ihnen zur bestandenen Prüfung. Als die beiden ihn daraufhin verblüfft anschauen, erklärt er es ihnen:

Markus ist ein Mann mit schneller Auffassungsgabe, immer diszipliniert. Mit großem Vertrauen in sich selbst und die göttliche Führung geht er zielstrebig voran und das in einem sehr schnellen Tempo.
Die Herausforderung im Berg ist, zu erkennen, dass der Weg das Ziel ist. Sie beide haben künftig eine Aufgabe als Priester zu erfüllen – nämlich der Schöpfung zu dienen. Da geht es nicht darum, wer dabei irgendwo als Erster ans Ziel gelangt. Wem nützt es, alle anderen hinter sich zu lassen und dann allein am Ziel zu stehen? Es kann doch sein, dass der Eine oder Andere auf seinem Lebensweg zwischendurch eine Pause zur Besinnung braucht oder auch nur eine Ermunterung bzw. Hilfe.

Respekt vor dem Tempo der Anderen und deren eigenen Weg, der mit ihren individuellen Entscheidungen gepflastert ist – das ist eine wichtige Voraussetzung für ihre Berufung·

Um die Probleme von seinem Bruder zu verstehen, hat sich Markus auf dessen gedankliche Ebene begeben und ihm einen Ausweg gezeigt· So hat dieser seine Ängste als solche erkennen, definieren und auflösen können· Für den verletzten Bruder ist das kein Eingeständnis für ein Versagen seinerseits, sondern Ehrlichkeit zu sich selbst und Rückbesinnung auf das, was er wirklich ist – ein geistiges Wesen, in einem menschlichen Körper, dessen angeborene Sinne ihn getäuscht und von seinem ursprünglichen Ziel entfernt haben·

Als Markus seine Geschichte beendet, geht Jan zu ihm und umarmt ihn. Er bestätigt, dass er praktisch im gleichen Film wie Markus war und der ihn dort gerettet hat.

Die Frauen sind überwältigt von dieser interessanten Erzählung. Da haben sich offenbar Weggefährten aus jener Zeit getroffen. Angel kann das sehr gut nachvollziehen, weil sie im vergangenen Jahr Ähnliches in Südfrankreich erlebt hat.

Sie werden von der Ankunft der restlichen Gäste unterbrochen.

Eine bunte Truppe mit Musikinstrumenten in den Händen betritt den Garten des Grundstücks.

Mit lautem Hallo und Umarmungen werden die Anwesenden von den Neuankömmlingen begrüßt. Dann bittet Lucas auch schon alle zu Tisch.

Während des Essens stellen sich Gäste und Gastgeber vor. Sprachliche Hürden werden sozusagen mit Händen und Füssen, Angels kleinem Wörterbuch und Lucas Unterstützung als Dolmetscher gemeistert.

Einer der Musiker, der von seinen Freunden „der Mistelsammler" genannt wird, berichtet von seinem Abenteuer, auf einem schwer zugänglichen Baum die begehrten Zweige zu erhaschen. Da er eher von korpulenter Statur ist, sorgt seine Erzählung für große Erheiterung in der Gruppe. Als dann einer seiner Freunde einen kleinen Film davon mit seinem Handy herumreicht, lacht selbst der Mistelsammler herzhaft mit.

Carolin möchte nun wissen, ob seine Freunde ihn mit diesem Namen nur wegen der erwähnten Geschichte aufziehen.

Wie sich herausstellt, ist er ein echter Druide, der diese Misteln als heilige Gewächse betrachtet und sie für besondere Zwecke sammelt: u.a. als Schutz gegen böse Geister über der Haustür oder als Geschenk, damit sie dem Beschenkten Glück bringen.

Dabei zwinkert er Carolin zu, so dass sie sich nicht sicher ist, ob sie seine Erklärungen richtig verstanden hat oder ob er nur scherzt.

Nach dem Essen nimmt Lucas eine Gitarre. Seine Freunde applaudieren schon, bevor er überhaupt angefangen hat zu spielen.

Einer von ihnen flüstert Angel zu, dass Lucas ein großartiger Sänger und Komponist ist.

Als Angel ihn daraufhin erstaunt ansieht, erzählt er, dass Lucas in Irland und England sehr bekannt ist – besonders nachdem ein Chor bei einem internationalen Wettbewerb mit einem seiner Songs gewonnen hat. Außerdem hat er schon Filmmusik geschrieben und für ihre Gruppe keltische Songs, mit denen sie auf Festen und verschiedenen Veranstaltungen auftreten – manchmal begleitet er sie sogar dabei.

Nun trägt Lucas einen völlig neuen Song vor, den selbst seine Freunde noch nicht kennen.
Angel versteht nur so viel vom Inhalt, dass es um eine unerfüllte Liebe geht. Obwohl es ein eher melancholisches Stück ist, berührt es sie sehr.
Sie fragt Lucas nach dem Text. Er schaut ihr belustigt in die Augen. Dann legt er in einer übertriebenen Geste beide Hände auf sein Herz und gesteht, dass ihm der Song in der letzten Nacht eingefallen ist, als er an ihre Begegnung im Geschäft seiner Cousine denken musste.

Mit leisen Worten übersetzt er den Text, während er ihr dabei intensiv in die Augen schaut:

Als ich dich sah, strahlte der Mond am Himmel und sein Licht spiegelte sich in deinen Augen. Aber du hattest sie auf einen anderen gerichtet und hülltest ihn mit deinem Blick voller Liebe ein. Er sprach zu dir: „Hüte mein Herz und bewahre es sicher, so werde ich dich auf ewig lieben."

Und so schaue ich aus der Ferne voller Sehnsucht auf die Sterne, die in deinen Augen erglühen.

Viele Leben sind seitdem vergangen. In jedem hast du hoffnungsvoll erwartet, ihn zu sehen. Doch er kam nicht wieder und du hütest immer noch sein Herz. Kein anderer kann dich jemals erreichen, solange du Hüterin eines fremden Herzens bist. Und so schaue ich aus der Ferne voller Sehnsucht auf die Sterne. Werden sie je wieder in deinen Augen erglühen?

Wach endlich auf und lasse los. Gib ihm sein Herz zurück und du bist frei. Richte den Blick auf das Antlitz der Morgenröte.
Im Anbeginn des neuen Tages schau in meine Augen.
In der Tiefe meiner Seele findest du dein Spiegelbild und die Liebe, die uns beide verbindet.
Und so schauen wir gemeinsam aus der Ferne voller Sehnsucht auf die Sterne, die wieder in deinen Augen erglühen.

Angel ist sprachlos und irritiert. Sie fühlt, wie ihr Herz heftig pocht und spürt, wie der Gesang von Lucas Stimme in jeder Zelle ihres Körpers immer noch nachhallt und in ihnen vibriert.
Als sie seinen fragenden Blick bemerkt, erinnert sie sich daran, dass er diesen Song offensichtlich für sie beide geschrieben hat. Sie ist verärgert und fragt ihn, was das Ganze denn mit ihr zu tun hätte.

Mit einem schiefen Lächeln im Gesicht meint Lucas, dass er das selbst noch nicht so genau weiß. Aber er möchte es unbedingt herausfinden. Dazu braucht er jedoch ihre Hilfe. Er bittet Angel, ihn am nächsten Tag an einen weiteren magischen Ort zu begleiten. Dort könnten sie dieser Sache – also der gegenseitigen Anziehung – auf den Grund gehen.

Angel verdreht die Augen und stöhnt. Wie soll sie diesen aufdringlichen und nervenden Mann bloß loswerden?

Lucas spürt, was in ihr vor sich geht und wiegelt ab. Es ist nicht so, dass er sie anbaggern und einfach nur mit ihr alleine sein möchte. Aber irgendetwas ist da zwischen ihnen, etwas Verbindendes.
Das kann Angel nicht leugnen, auch wenn es sie sehr beunruhigt. Da der nächste Tag ohnehin zum Entspannen und Ausruhen eingeplant ist, gibt sie nach und sie verabreden sich für den folgenden Morgen.

Lucas bittet sie noch, unbedingt ihren Kristallschädel mitzubringen. Er könnte möglicherweise sehr hilfreich bei ihrem Vorhaben sein.

Dann ist die Grillparty auch schon vorbei und Angel macht sich mit ihren Freunden langsam auf den kurzen Rückweg ins Hotel.
Alle sind begeistert von diesem wunderbaren Abend in angenehmer Gesellschaft.
Nur Angel ist es etwas unbehaglich zumute bei der Vorstellung, am nächsten Tag mit Lucas allein unterwegs zu sein.

TINTAGEL – LABYRINTHE IM ROCKY VALLEY

Nach einer unruhigen Nacht ist sich Angel nicht mehr so sicher, ob es eine gute Entscheidung ist, an diesem Tag mit Lucas auf Spurensuche nach einer eventuellen gemeinsamen Vergangenheit zu gehen. Vielleicht sollte sie lieber mit Carolin an den Strand gehen und einfach nur entspannen? Aber als sie Lucas gegenüber steht und ihr Herz sofort anfängt, etwas schneller zu schlagen, weiß sie wieder, warum sie seinem Vorschlag zugestimmt hat.

Lucas nimmt ganz selbstverständlich ihre Hand und marschiert los. Er hat am vergangenen Abend zwar etwas von Labyrinthen erzählt, aber Angel hat keine Vorstellung davon, wo und was das sein könnte. Also bleibt ihr – wieder mal – nichts anderes übrig, als sich seiner Führung anzuvertrauen. Es scheint so, als würde sie sich langsam daran gewöhnen. Jedenfalls fühlt es sich gut an, wie er ihre Hand hält und sie mit sich zieht.

Die Landschaft, die sich vor ihr öffnet, ähnelt der auf dem Weg nach St. Nectans Glen – nur dass sie hier felsiger ist. Sie spürt, wie sich ein unsichtbares Tor für sie öffnet und dass sie wieder in das Reich der Naturwesen eintritt. Die Umgebung um sie herum öffnet ihr Herz weit, während sie mit ihren Augen dem Lauf des Flusses folgt, der sich auch hier sein Bett gegraben hat. Irgendwie erscheint ihr alles unwirklich.
Schließlich gelangen sie zu einer Ruine. Laut Lucas handelt es sich um eine alte Mühle und das Ziel ihrer Wanderung im Rocky Valley – wie dieses Tal hier genannt wird. Zunächst schauen sie sich vorsichtig das verfallene und mit Pflanzen bedeckte Gebäude an.

Auf der Rückseite erblickt Angel dann an einer Felswand die Labyrinthe – zwei in den Fels eingemeißelte Labyrinth-Zeichnungen. Während Angel die Zeichnungen betrachtet und mit ihren Fingern die Struktur im Stein nachzeichnet, nimmt Lucas aus seinem Rucksack eine Thermodecke heraus und breitet sie an einer bequemen Stelle aus. Nachdem er sich selbst darauf gesetzt hat, bittet er Angel, ebenfalls Platz zu nehmen und ihren Kristallschädel in die Mitte der Decke zu platzieren.

Dann erklärt er ihr, wie er sich die ganze Sache mit der Reise in die Vergangenheit vorgestellt hat:
Um gemeinsam und am gleichen Ort der Zeitreise anzukommen, müssen sie sich dabei an den Händen halten und den Blick des Anderen einfangen. Vorher bitten sie den Kristallschädel darum, dass er ihnen den Weg dahin öffnet.

Das kommt sehr überraschend für Angel und sie fragt sich verunsichert, ob sie Lucas überhaupt so tief in die Seele schauen möchte. Aber da sie nun schon einmal hier ist, will sie natürlich auch Antworten bekommen, auch wenn ihr Herz dabei vor Aufregung noch schneller schlägt.

Sie sucht eine bequeme Sitzposition und nimmt Lucas Hände in ihre. Langsam richtet sie ihren Blick auf seine Augen. Er hat sie bereits mit seinem Blick fixiert und zieht sie unaufhaltsam in sich hinein.

Nun, da Rigani mit der Wasserfee gesprochen hat, ist sie bereit, ihren Gefühlen zu folgen und auch den nächsten Schritt in ihrer Beziehung zu Erec zu gehen: ihm ihre Hingabe zu schenken.

Wenige Tage später hat sie bereits Gelegenheit dazu, als Erec von seiner Mission an König Arthurs Hof zurückkehrt und sie ebenfalls gerade dort anwesend ist.

Erec ist hocherfreut, sie hier zu sehen und begrüßt sie wie immer mit einem leidenschaftlichen Kuss.

Am gleichen Abend, nachdem er seine Angelegenheiten erledigt hat, treffen sie sich in seiner Unterkunft und lieben sich das erste Mal. Erec ist dabei ein sanfter und zärtlicher Liebhaber, der im Verlauf der Nacht ebenfalls seine leidenschaftliche Seite zeigt. Rigani erlebt genau das, wovon die Wasserfee gesprochen hat.

In der darauf folgenden Zeit scheint es so, als wenn die Liebe ihr zusätzliche Flügel verleiht. Ihre alltäglichen Angelegenheiten erledigt sie fast wie nebenbei und mit großer Leichtigkeit und noch mehr Freude als sonst. Ihre seherischen Fähigkeiten haben sich ebenfalls verstärkt. Nicht nur, dass sie immer genau weiß, an welchem Tag ihr Liebster zu ihr kommt. Sie kann auch andere Ereignisse detaillierter vorhersehen.

Nach einigen Monaten verabschieden sich Erec und Rigani gerade nach einer gemeinsam verbrachten Nacht, als Lean zu ihnen kommt.

Erec hat ihn zu sich gerufen. Er bittet ihn, nach Hause zurückzukehren und seinem Vater die Botschaft über seine bevorstehende Hochzeit mit Rigani zu überbringen. Für einen kurzen Moment glaubt Rigani, tiefen Schmerz in Leans Augen zu sehen. Aber sogleich umarmt und beglückwünscht er die beiden Liebenden und meint zu Erec: wenn er solch einen Engel an seiner Seite hätte, würde er ebenfalls so vor Glück strahlen. Als Erec ihm darauf wieder einmal anbietet, ihm bei der Suche nach einer zu ihm passenden Frau zu helfen, wendet sich Lean dankend ab und Rigani glaubt seine leisen Worte zu hören: und wenn ich sie schon gefunden habe? Aber sie achtet nicht weiter darauf, dafür ist sie viel zu sehr mit Erec beschäftigt, der sich überschwänglich von ihr verabschiedet.

Bald darauf teilt Erec ihr mit, dass sein Vater auf dem Weg zu König Arthur ist.

Bei ihrer nächsten Begegnung stellt Rigani fest, dass er sie nicht wie sonst freudestrahlend umarmt, sondern finster und entschlossen ausschaut. Auf ihre Frage nach seinen Sorgen antwortet er, dass sein Vater angekommen ist und er mit ihm wegen der Hochzeit gesprochen hat und dieser nicht begeistert darauf reagiert hat· Er will ihn sogar überzeugen, davon Abstand zu nehmen· Aber Erec verspricht ihr, bei seiner Entscheidung zu bleiben und bittet sie, sich darum keine Gedanken zu machen und nicht zu zweifeln· Er beteuert ihr seine Liebe und bittet sie, ihm zu vertrauen· Nach seinem Versprechen, dass er das schon regelt, verabreden sie sich für den nächsten Tag in einem nahen Dorf, wo Rigani als Priesterin eine Aufgabe zu erfüllen hat·

Am nächsten Abend wartet sie jedoch vergeblich auf ihn·
Er hat sie ja gebeten, ihm zu vertrauen· Da es nicht das erste Mal ist, dass eine Verabredung von ihr oder von ihm nicht eingehalten werden kann, macht sie sich weiter keine Gedanken·

Nachdem sie wieder nach Avalon zurückgekehrt ist, bittet sie eines Tages die Wasserfee zu sich· Sie erkundigt sich, wann Rigani das letzte Mal etwas von Erec gehört hat und erfährt, dass das bereits mehrere Wochen her ist· Die Herrin von Avalon geht auf sie zu und nimmt sie sanft in die Arme·

Dann erklärt sie Rigani mit leiser Stimme, dass sie ihren Liebsten nicht mehr sehen kann. Sie berichtet, dass man ihn am Tag ihrer Verabredung in einem Hinterhalt getötet hat und sein Vater Erecs Körper bereits auf den Weg in seine Heimat geschickt hat.

Rigani ist fassungslos und kann gar nicht glauben, was ihre Mentorin ihr da gerade sagt.
Nachdem sie einige Minuten nur vor sich hin gestarrt hat, fragt sie die Wasserfee zornig, warum sie ihr solche Lügen über ihren Liebsten erzählt und ob sie womöglich doch keine Verbindung zwischen den beiden will, wie sie es doch immer ihr gegenüber beteuert hat. Wenn irgendetwas mit ihm passiert ist, hätte sie über ihre seherischen Kräfte ein Zeichen oder eine Information erhalten. Aber das ist nicht der Fall.
Sie lässt die Fee nicht mehr zu Wort kommen und stürzt hinaus, um sich auf die Suche nach Erec zu machen.

Außerhalb von Avalon sucht sie überall nach ihm. Jeder bestätigt ihr seinen Tod. Am Hof von König Arthur schaut man sie nur mitleidig an. Nach Tagen ist sie völlig erschöpft und realisiert endlich, dass sie Erec nie wieder sehen wird.

Sie kann auch nicht nach Avalon zurückkehren.

Nach allem, was geschehen ist, zweifelt sie an ihren Fähigkeiten, die sie mit Hilfe der Priesterinnen und Priester sowie ihrer Freunde aus dem Naturreich ans Licht geholt und perfektioniert hat. Aber all das hat ihr nicht geholfen, die Bedrohung von Erec vorherzusehen und sie zu verhindern. Er ist einfach so aus dieser Welt verschwunden und hat sie allein zurückgelassen, ohne sich zu verabschieden.

Hat die Liebe zwischen ihr und Erec sie gefühlsmäßig zu sehr gebunden und dadurch ihre Wahrnehmung beeinträchtigt?

Einsam und ohne Hoffnung für ein sinnvolles Weiterleben setzt sie sich in ein kleines Boot und fährt, dem stürmischen Wind trotzend, aufs Meer hinaus…

Angel spürt, dass Lucas ihre Hände sanft drückt. Langsam kommt sie zu sich und merkt, dass ihr Gesicht tränen-überströmt ist und sie zittert. Lucas steht auf und zieht sie mit sich auf die Beine. Er legt ihr eine Decke um und nimmt sie in seine Arme. Er hält sie einfach nur fest, bis sie sich wieder beruhigt hat.

Angel versteht überhaupt nicht, wieso sie mit diesem Fremden hier sitzt und sich seine Umarmung so gut und richtig anfühlt.
Nach einigen Minuten fühlt sie sich in der Lage, von ihrer Reise zu berichten. Zwischendrin hält sie an einer bestimmten Stelle kurz inne und schaut ihm in die Augen, bevor sie weiter erzählt.

Lucas hört ihr aufmerksam zu. Als sie am Ende ihrer Erzählung ist, schaut er ihr fragend in die Augen. Sie weiß genau, was er wissen möchte: ob sie ihn in seiner Rolle erkannt hat. Ja, sie weiß es, jetzt, in diesem Moment – er ist Lean, der beste Freund von Erec.

Nun ist sie gespannt auf das, was er zu berichten hat und ob sie beide durch das gleiche Zeitfenster gesprungen sind.

Lucas atmet erst einmal tief durch, bevor er zu sprechen beginnt.

Als sein bester Freund, der gemeinsam mit ihm aufgewachsen ist, ist Lean für Erec ein unerlässlicher Begleiter. So reist er auch gemeinsam mit ihm an König Arthurs Hof. Als sie am Abend von Beltane Rigani und ihren Schwestern beim Fest begegnen, ist auch er vom ersten Augenblick an von ihr verzaubert. Als er jedoch Erecs Interesse an Rigani bemerkt, hält er seine Gefühle unter Verschluss und tut so, als ob er sich für sie beide freuen würde. In seinem Herzen spürt er jedoch tiefen Schmerz und Trauer. Einerseits wünscht er sich, dass seine Angebetete und auch sein Freund glücklich sind. Andererseits fällt es ihm unendlich schwer, Rigani nur aus der Ferne ansehen zu dürfen.

Als Erec ihn dann beauftragt, die Hochzeitsbotschaft an seinen Vater zu schicken, übermannt ihn Hoffnungslosigkeit. Sein Herz schmerzt von unerfüllter Liebe. Aber um Erecs Willen reißt er sich täglich immer wieder zusammen, damit dieser nichts merkt.

Dann erscheint Erecs Vater am Hof von König Arthur, um ihm mitzuteilen, dass er neue Verbündete in Aussicht hat.
Gleichzeitig will er mit seinem Sohn über dessen Hochzeitspläne sprechen. Als dieser ihm von seiner Braut als einer ausgebildeten und seherisch begabten Priesterin von Avalon vorschwärmt, rastet er aus. Er ist der Meinung, dass der Drachenclan genug Frauen mit eigenem Potenzial hätte. Da braucht es keine dahergelaufene mystische Prinzessin mit ominösen Fähigkeiten, wie er Rigani abfällig titulierte.
Erec sieht rot und die ganze Diskussion artet in einen heftigen Streit zwischen den beiden aus, in dem jeder seine Position zu verteidigen sucht. Schließlich läuft Erec wutentbrannt davon und trifft auf Rigani, mit der er sich für den nächsten Abend verabredet – in der Hoffnung, seinen Vater bis dahin umgestimmt zu haben.

Sein Vater hat jedoch andere Pläne. Am nächsten Morgen lässt er Erec und Lean rufen, um ihnen mitzuteilen, dass es ihre Aufgabe ist, den zukünftigen neuen Verbündeten von König

Arthur an einem vereinbarten Ort zu treffen und für dessen Schutz auf der restlichen Strecke bis zum Hof von König Arthur zu sorgen. Diesem Befehl können sie sich nicht widersetzen. Also machen sie sich mit weiteren Männern auf den Weg, ohne dass Erec die Möglichkeit hat, Rigani darüber zu informieren und sich von ihr zu verabschieden.

Kurz vor dem vereinbarten Treffpunkt werden sie aus dem Hinterhalt angegriffen – von den angeblichen zukünftigen Verbündeten. Erec wird von Dutzenden Pfeilen getroffen und ist sofort tot. Lean wird mehrmals getroffen und bleibt verletzt liegen. Als man ihn findet, ist er bereits tagelang bewusstlos. Er kommt erst wieder zu sich, als sich der ganze Trupp vom Drachenclan weit entfernt von König Arthurs Hof, auf dem Heimweg befindet.
Wieder bei Bewusstsein hat Lean nicht nur mit körperlichen Schmerzen zu kämpfen, sondern auch mit dem Verlust seines besten Freundes und der Liebe seines Lebens.

Nun ist es Angel, die Lucas spontan umarmt. Er ist genau wie sie emotional aufgewühlt. Dennoch wird Angel das Gefühl nicht los, dass er diese Umarmung auch auf andere Weise genießt.
Und da flüstert er auch schon an ihrem Ohr und fragt sie, ob er denn in diesem Leben bei ihr eine Chance bekommt.

Vor Schreck zieht sich Angel sofort zurück und funkelt ihn böse an, wie er denn auf diese Idee kommt. Diese Lektion hat sie bereits in Frankreich im letzten Jahr gelernt. Als Lucas sie verständnislos anschaut, erzählt sie ihm in Kurzform von ihrer Reise. Dass diese Reise gleichzeitig eine Zeitreise in ihr früheres Leben bei den Katharern war, dass sie sich da verliebt hat und dass sie mit vielen anderen verbrannt wurde – vor den Augen ihres Geliebten. Und dass sie diesen Mann bei der Reise in seiner heutigen Inkarnation wiedergefunden hat. Wie er aus Angst keinen Kontakt mit ihr haben möchte, weil er denkt, sie will an das vergangene Leben wieder anknüpfen. Was sie jedoch nicht will.

Und jetzt kommt Lucas daher und will… ja was eigentlich? Sie sieht ihn verunsichert an.

Lucas erzählt von seiner irischen Großmutter, deren Lieblingsenkel er ist. Angel stöhnt und unterdrückt gerade noch ein Rollen mit den Augen. Wie kann man nur so von sich eingenommen sein?
In seiner Kindheit hat besagte Großmutter ihn gelehrt, mit den Naturwesen und Elementen zu kommunizieren. Als Jugendlicher interessierte er sich dann – verständlicherweise – mehr für andere Sachen: für Mädchen und Frauen. Dann kam sein erster Liebeskummer, bei dem ihn das Mädchen nicht wegen eines Anderen verlassen hat, sondern weil sie mit ihren Eltern nach Amerika ging. Seine Großmutter tröstete ihn und sagte damals zu ihm: Ein Engel wird kommen und dich von deiner Sehnsucht erlösen.

Angel schaut ihn ungläubig an und muss lachen. Nur weil ihr Name „Engel" bedeutet, heißt das doch nicht, dass sie damit gemeint ist.

Aber Lucas ist da anderer Meinung. Schon seit ihrer ersten Begegnung im Laden seiner Cousine ist er fasziniert von ihr, auch wenn er sich das nicht erklären kann.

Angel verweist auf das gemeinsame frühere Leben und dass daher eine gewisse Vertrautheit herrühren kann. Das muss noch gar nichts bedeuten, wie sie ja aus der Frankreich-Geschichte nun weiß.

Das sieht Lucas anders. Er bittet sie darum, ihm bzw. ihnen beiden eine Chance zu geben, sich besser kennenzulernen. Angel fragt ihn, wie er sich das denn vorstellt.

Sie lebt in Deutschland und er in Irland. Er meint, dass das jetzt noch gar nicht das Thema ist. Jetzt ist sie hier und er möchte gern möglichst viel Zeit mit ihr verbringen.

Angel bleibt skeptisch, stimmt dann aber zu. Sie weist jedoch noch einmal extra daraufhin, dass sie nicht den Unterhalter für ihn spielen wird, nur damit er seine Neugier befriedigen kann. Lucas lacht und ist sichtbar froh, dass sie ihn nicht gleich auf den Mond geschickt hat. Aber sie ist nahe dran – das sieht er ihr an.

Zunächst machen sie sich erst einmal auf den Rückweg, denn inzwischen ist es fast Mittag. Obwohl ihre Erlebnisse sie emotional sehr bewegt haben, scheinen sie sie körperlich zu beflügeln. Sie kommen gut voran und schaffen es noch, zu einer akzeptablen Zeit einen Lunch einzunehmen. Danach braucht Angel erst mal eine Pause und bittet Lucas, sie einige Stunden allein zu lassen. Wenn er es unbedingt möchte, kann er sie ja zum gemeinsamen Abendessen mit ihren Freunden begleiten. Obwohl es Lucas sichtlich nicht so ganz passt – denn er möchte lieber mit ihr allein seine – ist er damit einverstanden. Er verabschiedet sich mit einem freundschaftlichen Kuss auf Angels Wangen und geht.

Angel sieht ihm hinterher und wird das unbestimmte Gefühl nicht los, dass er schon wieder etwas aussheckt. Der Mann steckt voller Überraschungen. Das macht ihr inzwischen aber fast gar nichts mehr aus, stellt sie fest.

Aber jetzt braucht sie erst einmal eine Pause – um die Füße hochzulegen und das Erlebte sacken zu lassen.

Nach zwei Stunden wird sie durch ein Klopfen an ihrer Zimmertür geweckt. Carolin steht davor und sieht sie neugierig an. Nachdem Angel sich kurz frisch gemacht hat, gehen die beiden in ein Café, wo Carolin bei einem Becher mit leckerem Eis endlich ihrer Freundin aufgeregt von ihrem Tag berichten darf. Strahlend beschreibt sie, wie sie mit Jan zu einem Picknick unterwegs war, wie schüchtern er immer noch ist und es dennoch gewagt hat, mit ihr Händchen haltend zu wandern und sie sogar zu küssen. Sie ist total verliebt und schwebt auf Wolke sieben. Angel fragt sie, wie sie sich denn eine gemeinsame Zukunft vorstellt – Jan lebt in Holland und sie in Deutschland.
Carolin sieht da im Moment kein Problem. Sie sind ja noch in der Kennenlernphase. Außerdem gibt es Telefon und Internet und die Entfernung ist auch nicht so groß, dass man sich nicht gegenseitig alle paar Wochen besuchen könnte.

Angel schaut ihre Freundin skeptisch an. Aber Carolin lacht nur und erkundigt sich nun nach Angels Erlebnissen. Mit jedem Satz werden ihre Augen immer größer vor Staunen. Damit hat sie nicht gerechnet: dass ausgerechnet der schöne Lucas etwas mit Angels Vergangenheit zu tun haben soll und sie in diesem Leben erobern möchte. Sie bemerkt, dass ihre Freundin hin und her gerissen ist.

Angel gibt schließlich zu, dass dieser Mann sie einerseits mit seinem arroganten Getue – von wegen „ein Engel wird ihn retten" – ständig irgendwie auf die Palme bringt und andererseits sie zutiefst berühren kann – zum Beispiel mit seiner Musik oder als er sie an der alten Mühle tröstend in seinen Armen gehalten hat. Das fühlt sich ungewohnt, aber richtig und wunderschön an. Es ist, als ob ein Engel seine Flügel um sie legt, ihre Gedanken sich einfach auflösen und sie schwebt.

Aber was soll sie mit so einem Mann anfangen bzw. was könnte so ein Mann von ihr wollen? Er ist so etwas wie eine Berühmtheit, wird sicher umschwärmt von vielen Frauen und wohnt zudem weit weg.

Carolin schüttelt den Kopf über ihre Freundin. Wo ist denn ihr Selbstwertgefühl hin? Daran haben sie beide in den letzten Jahren so intensiv gearbeitet und auf einmal steht sie wieder am Anfang. Es gibt überhaupt keinen Grund und schon gar keinen Mann, der sie so aus der Bahn werfen darf. So fragt sie Angel, wovor sie denn nun wirklich Angst hat. Hat sie womöglich Angst, sich auf den Falschen einzulassen? Könnte da vielleicht noch ein anderer, besserer Mann kommen?

Angel versteht nicht, was sie damit sagen möchte.

Carolin erinnert sie an Lucas Song: „ Kein anderer kann dich jemals erreichen, solange du Hüterin eines fremden Herzens bist." Wartet sie womöglich noch auf Erec?

Dann fällt ihr auf, dass Lucas dieses Lied gestern auf der Grillparty gesungen hat, BEVOR sie sich beide heute an ihre gemeinsame Vergangenheit erinnert haben. Auch Angel ist verblüfft darüber.

Sie fühlt in sich hinein, kehrt gedanklich zurück zur Mühle, sieht sich mit Lucas dort sitzen und sich gegenseitig in die Seele schauen.

Nein – an Erec hat sie dabei nicht gedacht und er ist auch jetzt nicht mal energetisch zu spüren. Dafür ist Lucas leibhaftig sehr präsent. Sie fühlt ihn förmlich neben sich stehen und sie anlächeln – provozierend, als wollte er sagen: trau dich doch. Carolin fragt sie, ob sie möglicherweise Vergleiche zieht: zwischen Erec und Lean, zwischen Lean und Lucas?

Aber wo bzw. mit wem sieht sie sich selbst dabei?

Darüber muss sich Angel erst noch Klarheit verschaffen. Diese Fragen kann sie im Moment nicht beantworten. Carolin rät ihr, sich selbst einmal im Umgang mit Lucas zu beobachten. Wie reagiert sie auf ihn – emotional und verbal? Vermisst sie etwas an ihm oder erwartet sie bereits bestimmte Verhaltensweisen von ihm und vorverurteilt sie ihn damit?

Hat sie ihn durch sein offenes direktes Auftreten schon in eine Schublade gesteckt, nach dem Motto: berühmt, beliebt, oberflächlich, Macho?

Nachdenklich sieht Angel ihre Freundin an und muss ihr Recht geben. Carolin geht sogar noch weiter und provoziert sie mit der Frage:

Vergleicht sie hier Erec – ihren forschen, angesehenen, adligen Helden aus Avalon, für dessen Vater sie nicht gut genug war und der sie so unerwartet verlassen hat – mit Lucas aus der Gegenwart? Erwartet sie praktisch schon das Ende einer Beziehung, die noch gar nicht begonnen hat, und die ihr womöglich den gleichen Kummer bringen könnte, wie in dem vergangenen Leben – jetzt, wo sie sich selbst gerade in verschiedenen Facetten mit wunderbaren Begabungen aus Avalon und der Katharerzeit wiedergefunden hat?

79

Angel ist schockiert darüber, wie genau ihre Freundin mal wieder ihren wunden Punkt trifft. Sie bedankt sich bei ihr und bittet sie, ihr heimlich ein Zeichen zu geben, wenn sie sich heute Abend beim gemeinsamen Essen wieder so ängstlich und widersprüchlich verhalten sollte. Lucas hat sie ja nur darum gebeten, ihm eine Chance zum besseren Kennenlernen zu geben. Mehr nicht. Also soll er bzw. sie beide diese Gelegenheit erhalten.

VON ST.MICHAEL´S MOUNT, KRISTALLSCHÄDELN UND DRACHENWESEN

Angel freut sich sehr auf das Treffen mit ihren Freunden. Obwohl sie selbst den ganzen Tag über sehr beschäftigt gewesen ist, fühlt sie sich in der Nähe von Lina, Carolin, Jan und Markus sehr geborgen. Natürlich möchte sie gern wissen, was jeder so unternommen und erlebt hat. Über Carolins Picknick-Abenteuer mit Jan ist sie ja bereits im Bilde.

Lina berichtet, dass sie Lucas Cousine in ihrem Laden „Pure Magic" noch einmal aufgesucht hat. Bei ihrem ersten Besuch haben sie die Gerüche und Düfte in den Räumlichkeiten besonders fasziniert. So hat sie die Ladeninhaberin nach den speziellen Blumen und Kräutern ausgefragt. Als diese erfährt, dass die Gruppe am übernächsten Tag Chalice Well besuchen möchte, empfiehlt Lucas Cousine ihr, ein bestimmtes Geschäft vor Ort aufzusuchen. Dort würde sie Blüten-Essenzen mit zauberhaften Energien erwerben können, mit denen sie wunderbar arbeiten könnte. Lina hat auch schon einige Ideen, wie sie diese Essenzen in ihrer eigenen Energie-Massage-Praxis unterstützend einsetzen kann. Sie schwärmt von den umfassenden Kenntnissen von Lucas Cousine über Blumen, Pflanzen und Kräuter.

Wie aufs Stichwort kommt in dem Moment Lucas an ihren Tisch. Nachdem er alle begrüßt hat, ist Markus an der Reihe, von seinen Erlebnissen des Tages zu berichten. Und wie es aussieht, hat er sich ein besonderes Ziel für seine persönliche Tour ausgewählt – St.Michael´s Mount. Das ist eine kleine Gezeiten-Insel, ungefähr 100 km südlich von Tintagel. Markus beschreibt ganz enthusiastisch, was für einen magischen Eindruck die Insel auf ihn gemacht hat.

Das liegt sicher nicht nur an den Legenden, die man sich über diesen Ort erzählt. Hier soll Josef von Arimathäa, Jesus Onkel, mit dem Heiligen Gral nach England gekommen sein. Andere Geschichten erzählen davon, dass der Erzengel Michael den Fischern erschienen sein soll und daraufhin ihm zu Ehren eine Kirche und ein keltisches Kloster errichtet worden sind. Außerdem befindet sich die Insel auf einer der Ley-Linien, der Erzengel-Michael-Linie, die auch durch Avebury und Glastonbury verläuft und ein Teil des magischen energetischen Gitternetzes ist, das sich durch die heiligen Stätten der Ahnen hier in England verteilt und sich mit anderen Kraftlinien auf der ganzen Erde verbindet.

Während der Ebbe ist er über einen Damm zur Insel gelaufen. Die von Touristen gern besuchte Burg interessiert ihn weniger. Auf dem Weg zur Kapelle auf der Spitze des Berges begegnet er einer Gartenlandschaft, die ihn die Anwesenheit der Feen wieder spüren lässt und einen herrlichen Ausblick auf das Meer und das gegenüberliegende Festland bietet. Oben angekommen ist er sprachlos. Genau diese Aussicht hat er bei seiner Trommelreise in der Höhle von Merlins Cave wahrgenommen. Hier an dieser Stelle hat ihn sein Geistführer gebeten, sein Leben aus einer anderen Perspektive zu betrachten. Überwältigt lässt er den Anblick und die Energien auf sich wirken. Als er über das Meer schaut, fühlt er eine grenzenlose Freiheit und hätte sich am liebsten wie ein Adler in die Luft erhoben und wäre gern irgendwohin geflogen – unabhängig, wunschlos, ziellos über das Wasser gleitend.

Dann erinnert er sich plötzlich an seine Freunde, mit denen er hier hergekommen ist, und freut sich darauf, am Abend wieder mit ihnen zusammen zu sein. Auf dem Rückweg nimmt er die Fähre, da die Flut inzwischen den Damm leicht überspült hat. Die Insel scheint im Wasser zu versinken und plötzlich unerreichbar zu sein.

Nun sehen alle Angel fragend an. Sie berichtet von ihrer Wanderung mit Lucas zur Ruine der alten Mühle mit den Labyrinthen und ihrer gemeinsamen Reise. Mit Erstaunen vernehmen die Anderen, dass die beiden sich aus einem früheren Leben kennen und es ihnen bei diesem gemeinsamen Ausflug bewusst geworden ist. Bevor sie jedoch anfangen können, über die möglichen Konsequenzen für die beiden Beteiligten zu diskutieren, stellt Lucas schnell eine Frage, die ihn wohl schon seit ihrer Wanderung nach St. Nectans Glen beschäftigt. Er möchte von Angel wissen, wie sie zu ihrem Kristallschädel gekommen ist und wie sie mit ihm arbeitet.

Sie erzählt von ihrer ersten Begegnung mit Kristallschädeln auf einer Messe und dass ein bestimmter Schädel sie so hypnotisch angesehen hat, dass sie ihn einfach mitnehmen musste.

Danach hat sie erst einmal Informationen über Bücher, das Internet und in verschiedenen Netzwerkgruppen gesammelt. Sehr schnell merkt sie dabei, dass sie ihre eigenen Erfahrungen machen muss, dass das Wissen der Anderen nicht einfach so übernehmbar ist. Und so kommt es, dass immer mehr Schädel aus den verschiedensten Steinarten ihren Weg zu ihr finden. Manchmal ist sie dabei auf der Suche nach einem Stein mit bestimmten Eigenschaften. Bei anderen Schädeln ist es der Schliff oder eine unergründliche Anziehungskraft des Kristallschädelwesens, die sie zum Kauf bewegen.

Nun möchte Lucas wissen, was genau sie mit all den Schädeln anfängt bzw. wie sie mit ihnen arbeitet. Angel lacht. Diese Frage hat sie sich am Anfang auch immer wieder gestellt. Wie sollte sie mehreren Wesen gleichzeitig ihre Aufmerksamkeit schenken? Das verwirrte sie zunächst. Aber dann hat sie festgestellt, dass nicht jeder ihrer Schädel so gesprächig und aktiv ist wie ihr „Botschafter der Liebe". Manche wirken einfach nur durch ihre Präsenz und Ausstrahlung, das heißt:

indem man sie nur in der Hand hält, ihre Energie fühlt, ihre Farbe und Gestalt betrachtet, sie mit einem eigenen Namen anspricht und ihnen in die Augen schaut. Die Kristallschädel arbeiten auch gern gemeinsam an einem Thema oder Projekt. Dazu werden sie zum Beispiel in einer geometrischen Figur – Kreis, Spirale, Merkaba, Rhombus – angeordnet. Manchmal setzt sich Angel dann in die Mitte dieser Anordnung und wird von den vielfältigen Energien ihrer Schädel regelrecht umspült, durchdrungen oder angehoben. In diesem Zustand lösen sich ihre gedanklichen Probleme auf und es öffnet sich ein Kanal zur eigenen Seele. Es fließen harmonisierende, heilende Energieströme und Informationen zu ihr.

Lächelnd erklärt Angel, dass sie ihre Schädel nicht mehr missen möchte. Sie haben ihr geholfen, Zeiten der Ruhe, des Alleinseins, der Hektik, der Unruhe, der Freude und der Traurigkeit zu durchleben.

Lucas hört ihr sehr interessiert zu und erkundigt sich dann, ob sie so eine Kristallschädel-Sitzung auch für ihn arrangieren kann. Angel erklärt ihm, dass sie das bisher nur für sich selbst angewendet hat. Aber sie ist gern bereit, ihm ihren „Botschafter der Liebe" für eine eigene Meditation zu überlassen, nachdem er ja bereits mit ihr gemeinsam bei den Labyrinthen die Kraft des Schädels zu spüren bekommen hat. Lucas sieht sie erstaunt an und meint, dass er die Anwesenheit des Kristalls nicht so direkt mit den Bildern ihrer gemeinsamen Zeitreise in Verbindung gebracht hat, sondern nur als Medium, um an den gewünschten Ort zu gelangen.
Angel bietet ihm an, ihm den Schädel bis zum nächsten Morgen zu überlassen. Sie kann ihm nicht versprechen, dass der zu ihm reden wird. Aber er sollte diese Erfahrung schon selbst machen und sich einfach dafür öffnen.

Auf einmal fällt ihr sein Tattoo wieder ins Auge und sie nutzt die Gelegenheit, ihn danach zu fragen, warum er sich ausgerechnet dieses Motiv ausgewählt hat.

Lucas erzählt, dass es eigentlich eher eine Mutprobe mit seinen Schulfreunden gewesen ist, die ihn dazu bewogen hat, sich überhaupt tätowieren zu lassen.

Das Drachenbild hat ihm einfach am besten gefallen. Es zeigt einen grün gefleckten Drachen, der sich um ein Schwert schlängelt. Der Kopf des Drachens zeigt dabei in die Richtung zu Lucas Herz, während das Drachenende und die Spitze des Schwertes zur Hand weisen.

Lucas sieht auf einmal sehr nachdenklich aus und berichtet, dass er sich in diesem Moment an ein Gespräch mit seiner irischen Großmutter erinnert. Mit einem Blick auf das Bild an seinem linken Unterarm hat sie ihn gefragt, ob er überhaupt weiß, welches machtvolle Symbol er da nun mit sich herumträgt.

Sie hat ihm erklärt, dass es ein Zeichen aus Avalon ist und dass seine Macht nur im Namen der Liebe benutzt werden darf. Es steht im Dienst der großen Göttin und verpflichtet.

Damals hat Lucas seine Großmutter verständnislos angeschaut. Aber sie hat nur gelächelt und ihn aufgefordert, sich in England die heiligen Stätten anzuschauen und selbst herauszufinden, was das Tattoo für ihn bedeuten könnte.

Er ist seitdem viele Male auf den alten Pfaden von Avalon und König Arthur gewandert – allein, in Begleitung von Freunden oder als Fremdenführer.

Während er jetzt darüber spricht, wird ihm bewusst, dass er am heutigen Nachmittag eigentlich das erste Mal eine klare Information über das Tattoo erhalten hat:

In der gemeinsamen Zeitreise mit Angel hat er sich erinnert, dass er in seinem früheren Leben Stammesmitglied im Drachenclan gewesen ist und als solches auch den Drachen als Stammeszeichen trug – zum Beispiel auf seiner Kleidung und an seinen Waffen. Das Schwert, um das sich der Drache schlängelt, könnte ein Hinweis auf ihn als „Kämpfer" des Clans sein. Aber welche Lebenseinstellung und Wertevorstellungen hat der Drachenclan gelebt?

Angel macht ihn darauf aufmerksam, dass seine Großmutter von einem Zeichen aus Avalon gesprochen hat. Sie erinnert ihn daran, dass sein Freund Erec und er als Lean in ihrem früheren Leben eine Verbindung zwischen dem Drachenclan und König Arthur herstellen sollten.
Da König Arthur durch die große Göttin geführt wird, die wiederum durch die Priesterinnen und Priester von Avalon verkörpert wird, ergibt sich dann der Zusammenhang zwischen Drachen/Schwert und Drachenclan/Avalon.

Darüber muss Lucas erst mal in Ruhe nachdenken. Es ist ja an diesem Tag eine Menge passiert, was er erst einmal verarbeiten muss. Da er sich jedoch unbedingt noch an diesem Abend mit dem Kristallschädel beschäftigen möchte, verabschiedet er sich von Angel und ihren Freunden.
Er wird sie ja am nächsten Morgen auf ihrer letzten Etappe wieder begleiten. Da Chalice Well auch einer seiner persönlichen Lieblingsorte ist, freut er sich schon sehr darauf – und natürlich darauf, dass er wieder mit Angel zusammen sein kann, was er ihr natürlich nach einem kurzen Gute-Nacht-Kuss zuflüstert.

Nach einer kurzen, unruhigen Nacht voller nicht greifbarer Träume trifft Angel ihre Freunde und Lucas zu früher Stunde beim Frühstück. Natürlich ist sie gespannt, was Lucas über seine Begegnung mit ihrem „Botschafter der Liebe" zu erzählen hat. Er scheint schon ganz ungeduldig darauf zu warten, ihnen allen davon zu berichten.

Nachdem Angel Platz genommen hat, beginnt er auch schon zu sprechen. Zunächst hat er den Kristallschädel auf einen Tisch gesetzt und ist um ihn herum gegangen, um ihn von allen Seiten zu betrachten – genauso wie Angel es empfohlen hat. Bei der Vorstellung, wie Lucas den Schädel misstrauisch umrundet, muss Angel lachen. Dann besinnt sie sich jedoch, weil das überhaupt nicht zu ihm passt. Er tut auch so, als hätte er ihre Reaktion nicht bemerkt und erzählt weiter. Eigentlich findet er den weißen Jade-Schädel mit der dunkelroten Jaspis-Rose zwischen den Zähnen wunderschön.
Während er ihn nun genau begutachtet, scheint der Schädel ihn gleichfalls zu beobachten und auf etwas zu warten. Schließlich setzt sich Lucas und schaut ihm direkt in die Augen. Was dann geschieht, kann er nicht genau sagen – ist es ein Traum, eine Vision oder Realität? Jedenfalls legt der „Botschafter der Liebe" seine Rose vor Lucas auf den Tisch und dieser vernimmt die Worte:

Liebe will gelebt sein und ausgedrückt werden. Dafür gibt es unendlich viele Möglichkeiten. Schau Dich um und Du wirst überall Beispiele dafür finden: in Deinem Umfeld, in der Natur, in der Kunst, in Deiner Musik und ganz in Deiner Nähe. Sei immer der, der Du bist und respektiere Andere, so wie sie sind.

Schenke ihnen Deine Liebe auf Deine eigene Art, jedoch ohne Erwartungen· Dann erhältst Du mehr zurück, als Du Dir je erträumt hast·

Nun ist es an der Zeit, den Drachen in Dir zu erwecken· Du wirst ihn brauchen, um Dich der Liebe vollständig hingeben zu können·

Angel schaut Lucas lächelnd an und versichert ihm, dass er eine außergewöhnliche Botschaft von ihrem Kristallschädel erhalten hat. Als er sie daraufhin zweifelnd anschaut, erklärt sie ihm, dass diese Botschaften meistens metaphorisch sind und sich deren Sinn manchmal erst mit der Zeit entschlüsselt.

Einige Hinweise sind aber auch jetzt schon ganz eindeutig. Denen kann er bereits folgen, indem er sich zum Beispiel mit den Drachen und ihrer Energie beschäftigt.

Was die Sache mit der Liebe angeht, muss er schon selbst herausfinden, was damit gemeint ist.

In diesem Moment erinnert sich Angel plötzlich an einen Traum von letzter Nacht.

Ihr „Botschafter der Liebe", der ja eigentlich bei Lucas war, hat auch zu ihr gesprochen.

Sind diese Worte etwa für sie beide bestimmt?

Nach kurzem Zögern entschließt sie sich, Lucas davon zu erzählen.

Ihre empfangene Botschaft lautet:

Liebe zu leben ist die einzige Verpflichtung, die ihr in dieses Leben mitgebracht habt. Die Liebe mit einem bestimmten, ganz besonderen Menschen teilen zu dürfen, ist ein Geschenk, eine göttliche Gnade. Geht achtsam damit um.

Lucas schaut Angel tief in die Augen und sie errötet. Carolin hat ihre Worte anscheinend mitgehört und hebt hinter Lucas Rücken den Daumen als Zustimmung.

In diesem Moment drängt Markus zum Aufbruch.

GLASTONBURY TOR

Während der Fahrt denkt Angel über Lucas nach. Er hat sich an diesem Morgen ganz normal verhalten, ohne seine üblichen Späße und Anspielungen zu machen. Liegt das vielleicht an ihr, daran, dass sie sich bemüht, ihm offen und ohne Vorurteile zu begegnen?

Und dann sind da noch diese neuesten Botschaften von ihrem Kristallschädel für sie selbst und Lucas, die sich teilweise sehr ähneln. Angel schmunzelt bei dem Gedanken, dass sich der Schädel als Kuppler zwischen ihr und Lucas betätigen könnte.

Carolin bemerkt ihr Schmunzeln und fragt sie nach dem Grund dafür. Als Angel es ihr erklärt, krümmt sie sich vor Lachen. Sie sieht ihre Freundin an und meint, dass sie ja wohl jegliche Hilfe in Liebesangelegenheiten gebrauchen kann und dass sie ihrem Schädel dankbar dafür sein sollte, dass er das jetzt sozusagen in die Hände nimmt. Womöglich würde sie sonst noch weiter herumeiern und sich nicht entscheiden können, was sie nun will. Außerdem erinnert sie Angel an ihre eigenen Worte, dass Kristalle und erst recht Kristallschädel Informationen jeglicher Art speichern und sozusagen das Gedächtnis der Schöpfung sind, das sie jederzeit anzapfen können. Damit hätten sie ja wohl einen entscheidenden Vorteil gegenüber Menschen mit ihrem begrenzten Gehirn, mit dem sie ohnehin nur immer alles analysieren wollen. Mit ihren Worten bringt sie Angel zum Lachen. Natürlich versteht sie, dass Carolin sie nur provozieren möchte. Sie vertraut eigentlich ihrem „Botschafter der Liebe". Aber es ist nicht immer so einfach, seine Botschaften zu entschlüsseln und dann auch im alltäglichen Leben umzusetzen.

Auf jeden Fall sind sich die beiden Frauen einig, dass das weitere Geschehen sehr spannend werden kann – sofern Angel locker bleibt. So albern und lachen sie herum, bis sie bemerken, dass sie ihr Ziel Glastonbury erreicht haben.

Schon von weitem sehen sie den terrassenartigen Hügel Glastonbury Tor und den berühmten St. Michaels Turm darauf. Angel erinnert sich, gelesen zu haben, dass diese Terrassen ein Labyrinth aus sieben Wegen darstellen könnten, die zum Gipfel hinaufführen. Nun ist es schon das zweite Mal, dass sie in England auf die Darstellung eines Labyrinthes trifft. Die in Stein gravierten Labyrinthe bei Tintagel haben sie bereits fasziniert. Hier in Glastonbury würde sie den Wegen nicht nur mit den Fingern, sondern wandernd folgen.

Lucas kommt auf sie zu und sieht sie fragend an. Er zeigt ihr, dass die Anderen bereits auf dem Weg sind. Nur sie steht noch träumend herum, zieht er sie vorsichtig auf. Angel bemerkt erstaunt, dass er sein sonst so forsches und direktes Auftreten absichtlich zu zügeln scheint. Sie schenkt ihm dafür ein Lächeln und folgt den Anderen langsam. Es ist schließlich ein steiler Aufstieg, der da auf sie zukommt.

Ab und zu bleibt Angel stehen und schaut auf die zurückgelegte Strecke und auf die Landschaft zu ihren Füßen. Es ist, als würde sie die eine Welt verlassen, um in eine andere einzutauchen. Bei jedem Stopp bleibt Lucas neben ihr stehen und betrachtet das gleiche Bild wie sie, ohne jedoch einen Kommentar von sich zu geben. Das verwirrt Angel. Diese schweigsame Seite von ihm hat sie noch nicht kennengelernt. Aber sie gefällt ihr.

Sie schaut auf ihre Freunde und erkennt, dass die Reihenfolge, in der sie beim Aufstieg zum Gipfel laufen, nur scheinbar immer noch dieselbe ist, wie zu Beginn ihrer gemeinsamen Reise: an der Spitze läuft Markus – geradlinig und zielstrebig, der geborene Anführer. Direkt hinter ihm ist Lina, nach der er sich immer wieder umsieht, als wollte er prüfen, ob sie seinem Tempo auch folgen kann. Gelegentlich reicht er ihr die Hand, um sie ein Stück hinaufzuziehen. Ihnen beiden folgen Carolin und Jan, die ebenfalls aufeinander achtgeben. Den Schluss bilden Angel und hinter ihr Lucas, der sie, wie üblich, nicht aus den Augen lässt.

Die Reihenfolge ist zwar die gleiche, aber dennoch ist etwas anders als zu Beginn ihrer Reise. Sie gehen viel achtsamer miteinander um. Jeder ist auf seinem eigenen inneren Weg, jedoch ohne die Anderen wirklich aus den Augen zu verlieren.

Endlich haben sie es geschafft. Obwohl doch wesentlich mehr Wolken am Himmel sind als an den vergangenen Tagen in Tintagel, haben sie eine klare Sicht und der Ausblick ist überwältigend. Als Angel dann zum Turm mitten auf der Bergspitze schaut, hat sie das Gefühl, diesen Anblick schon einmal erlebt zu haben – er erinnert sie an die mystische Pforte bei der Grotte Bethlehem auf ihrer Reise in das Land und die Zeit der Katharer, an ein Tor zur Ewigkeit.

Sogleich fällt ihr eine andere Parallele auf: der Weg zum Gipfel führt über die sieben Wege des Labyrinthes und die Katharer lehrten den siebenstufigen Pfad der Erleuchtung. Ein Weg der Besinnung ist der Aufstieg auf jeden Fall. Abgesehen von der körperlichen Anstrengung, die für sie ungewohnt ist, geht sie sehr zentriert und bewusst Schritt für Schritt – im Wissen, dass Lucas hinter ihr geht. Das gibt ihr unerwartet ein Gefühl von Beschützt-Sein und Sicherheit. Dankbar schaut sie sich nach ihm um.

Er geht gerade zu einer Gruppe von Leuten, die eben auf dem Gipfel ankommen. Offensichtlich kennt er sie nicht nur, sondern hat auch noch etwas mit ihnen vor. Er kommt auf Angel und ihre Freunde zu und stellt ihnen die Ankömmlinge vor. Es sind eigentlich zwei verschiedene Gruppen, deren Teilnehmer aus verschiedenen Ländern stammen und nun gemeinsam mit ihnen eine Zeremonie für Liebe und Frieden auf der Erde abhalten möchten. Lina und Jan haben sofort einige Landsleute ausgemacht und begrüßen sie herzlich. Weitere Teilnehmer kommen aus Nord- und Südamerika, aus Frankreich und aus England. Insgesamt sind sie nun 24 Leute. Als „Zeremonienmeister" stellen sich ein englischer Druide und eine Hohepriesterin vor. Sie bitten die ganze Gruppe, sich in einem Kreis aufzustellen, immer Männer und Frauen abwechselnd nebeneinander und sich an den Händen zu fassen. In den Achs-Punkten Nord-Süd und Ost-West stehen Männer mit schamanischen Trommeln. Zu ihnen gehören auch Lucas und Markus. Sie werden vom Druiden eingewiesen, einen bestimmten Rhythmus während der Zeremonie zu schlagen.

Angel versteht nur so viel, dass jeder sein Herz mit dem Herzen der Erde verbinden soll – hier an dieser Stelle am Glastonbury Tor, wo das Herzchakra der Erde kraftvoll pulsiert.
Dann beginnt erst ein Mann die Trommel zu schlagen, ein zweiter folgt, dann ein dritter und schließlich fällt der vierte Trommler in ihren Rhythmus mit ein.
Der Druide mit seinem Zeremonienstab geht außerhalb des Kreises entgegen dem Uhrzeigersinn, während gleichzeitig die Hohepriesterin mit ihrer Herz-Klangschale den Ton angebend den Kreis von Innen im Uhrzeigersinn abgeht. Beide sprechen Gebete und rufen Helfer aus den verschiedenen Reichen der irdischen, kosmischen und der

Anders-Welt um Unterstützung an: die Ahnen, die Engel, die Feen und Elfen, die Drachen und Einhörner, die Pflanzenwesen, Sonne, Mond und Sterne. Sechs Mal umrunden sie den menschlichen Kreis, dann betritt der Druide den Innenkreis und geht gemeinsam mit der Hohepriesterin eine siebente Runde, um dann mit ihr in die Mitte zu treten. Sie halten sich an den Händen und strecken ihre Arme gemeinsam als Zeichen der Verbindung der männlichen und weiblichen Kraft in den Himmel und senden die Liebesenergie, die während der Zeremonie von den Teilnehmern ausgestrahlt wird, in einem vereinten Energiebündel um den Erdball.

Angel fühlt sich wie in einen Tunnel hinein gesogen, der sie in den Kosmos zu katapultieren scheint. Sie sieht unter sich die Erde. Schwerelos schwebt sie zwischen Planeten und Sternenstaub zu anderen Galaxien hinüber. Schließlich wird sie zurückgeholt, als sich der Trommelrhythmus ändert und sich die Gruppe langsam in Bewegung setzt. Der Kreis hat sich aufgelöst und bewegt sich nun als Menschenkette zum Michaels Turm, um ihn einmal zu umrunden. Dabei reihen sich Neuankömmlinge auf dem Gipfel mit ein. Einige Leute beginnen zu chanten. Ihre Worte kann Angel jedoch nicht verstehen, weil sie gleichzeitig in verschiedenen Sprachen gesungen und gebetet werden.

Als sich die Formation auflöst, stellt Angel fest, dass sie die ganze Zeit neben Lucas gestanden hat. Irgendwann muss er seine Trommel abgelegt und ihre Hand ergriffen haben. Davon hat sie überhaupt nichts mitbekommen. Es ist schon erstaunlich, wie er das immer so hinbekommt, stets an ihrer Seite zu sein, ohne dass es ihr auffällt.
Während sie zuschaut, wie die Anwesenden einander und auch sie herzlich umarmen, breitet sich in ihr ein wohliges Gefühl aus –

ein Gefühl von Zusammengehörigkeit und Geborgenheit. Nun tritt Lucas zu ihr, schließt sie in seine Arme und küsst sie dann auf die Stirn. Als sie ihn fragend anblickt, erklärt er ihr, dass diese Art des Küssens die Achtung und Verehrung ihres geistig-spirituellen Wesens ausdrückt. Es ist sozusagen ein Kuss von Seele zu Seele.

Sie setzen sich ins Gras neben den Kristallschädel, um einen Blick ins Tal zu werfen und das Geschehen zu reflektieren. Angel spürt, dass Worte in ihr hochsteigen und nimmt einen Block in die Hand, um sie zu notieren. Lucas schaut ihr über die Schulter und liest:

Wie so oft vorher stehen wir an diesem Ort.
Der Wind trägt auf Geheiß die Nebel fort.
Das alte Land zu unseren Füßen liegt –
das Herz, das uns in seiner Liebe wiegt.
Verbunden sind unsere Seelen an dieser Stelle,
ihren Durst stillend aus deiner Quelle.

Er steht auf und holt sich von einem Mann in ihrer Nähe eine Gitarre und beginnt, ihre Zeilen in Töne zu fassen und eine Strophe in Englisch hinzuzufügen. Darin besingt er die neue Erde, die Schönheit des blauen Planeten und seiner Bewohner. Angel sieht ihm anerkennend zu und ist erstaunt darüber, dass er so einfach aus dem Stegreif eine Melodie hervorzuzaubert.
Er schreibt ihr den englischen Text auf ihren Block und bittet sie, das ganze Lied noch einmal mit ihm gemeinsam zu singen. Auf einmal sind sie von Menschen umringt, die bei jeder Wiederholung in ihren Gesang mit einstimmen.

Während Lucas und Angel sich beim Singen tief in die Augen schauen, erhebt sich das Lied zu einem klangvollen Chorgesang.

Auf dem Rückweg geht Lucas vor Angel, um ihr hin und wieder die Hand helfend zu reichen, die sie gern annimmt. Sie ist doch ziemlich aufgewühlt von ihren Erlebnissen am Glastonbury Tor und ihr zittern ein wenig die Beine beim Laufen. Die Schwingungen ihres gemeinsamen Liedes und des tiefen seelischen Kontaktes mit Lucas klingen immer noch in ihr nach. Deshalb bittet sie ihre Freunde auch um eine Ruhepause vor dem Abendessen. Lina und Carolin schließen sich ihr an. Die Männer hingegen wollen sich in dieser Zeit die Überreste von Glastonbury Abbey ansehen.

GLASTONBURY ABBEY

Angel erwacht erholt aus einem tiefen traumlosen Schlaf. Die Tour zum St. Michaels Turm ist doch anstrengender für sie gewesen, als sie sich vorgestellt hat. Gutgelaunt macht sie sich auf den Weg, um sich mit ihren Freunden zu treffen.

Sie trifft als Letzte im Pub ein. Der einzige freie Platz am Tisch ist natürlich der neben Lucas. Ihre Freunde scheinen das ganz normal zu finden. Möglicherweise haben sie das aber auch noch extra so arrangiert. Als Angel zögert, sich zu setzen, tun sie alle so, als würden sie sich angeregt mit ihrem Tischnachbarn unterhalten. Leise seufzend akzeptiert sie, dass sie hier offensichtlich ausgetrickst wird und setzt sich zwischen Lucas und Carolin.

Während des Essens reden sie über ihre Erlebnisse beim Tor. Es ist für sie alle immer wieder erstaunlich, wie manche Dinge sich einfach so entwickeln und was für merkwürdige Zu-Fälle es so gibt.

Die Zeremonie mit Menschen, die sie nie vorher getroffen und mit denen sie sich gleich fast wortlos verständigt haben, hat sie sehr bewegt.

Natürlich kommen sie auch auf Angels und Lucas gemeinsamen Auftritt zu sprechen, der gar nicht als solcher gedacht war. Er hat jedoch einen bewundernden Eindruck bei den Freunden hinterlassen.

Carolin flüstert ihrer Freundin zu, dass sie beide sich doch wunderbar ergänzt haben und dass das doch eine gute Basis ist. Angel wird rot und stupst Carolin protestierend an. Es gefällt ihr gar nicht, dass sie hier vor allen mit diesem Thema anfängt, zumal Lucas dabei sitzt und mithören kann. Das würde nur Öl ins Feuer bei seinen

Annäherungsversuchen gießen. Sie will aber das Tempo selbst bestimmen und genauso erklärt sie es auch wispernd der Freundin hinter vorgehaltener Hand. Carolin kichert und amüsiert sich sichtlich über Angels Aufregung. Schließlich möchte sie ein bisschen Bewegung in die L-Geschichte zwischen den Beiden bringen. Sie flüstert ihrer Tischnachbarin zu, dass man manchmal etwas Hilfe bei gewissen Dingen brauchen kann und sie das doch gern für ihre beste Freundin macht. Angel raunt ihr noch so etwas wie „falsche Schlange" zu und lässt das Thema dann fallen. Nun möchte sie nämlich etwas über den Nachmittag bei Glastonbury Abbey von den Männern erfahren.

Wie sie bereits wissen, ist Glastonbury Abbey als eines der ältesten Klöster auf britischem Boden gebaut worden. Auch hier gibt es Legenden, die zum Beispiel Josef von Arimathäa als Gründer des Klosters bezeichnen oder die davon sprechen, dass die Gebeine von König Arthur und seiner Gemahlin hier beigesetzt wurden.
Obwohl von der Anlage nur noch Ruinen vorhanden sind, ist laut Jan die Energie von damals – als sie ein Zentrum der Macht und der christlichen Lehre war – noch zu spüren. Er hat Gebete und Gesänge gehört, als er mitten im alten Kirchen-Hauptschiff stand. Dann kam die Erinnerung, dass er als Priester zwischen den Welten von Avalon und der irdischen gewandert ist, ein Vermittler gewesen ist, die Menschen unterstützt und begleitet hat in wichtigen Phasen ihres Lebens.

Markus bestätigt, dass auch er ähnliches fühlen konnte. Er spürte aber auch gewisse Unterschiede zwischen den Energien aus Avalon, die er in Merlins Cave in Tintagel, am Glastonbury Tor und auf dem Klostergelände empfangen hat. Während Merlins Cave und der St.

Michaels Turm für ihn Eintrittspforten zur geistigen Welt sind, ist Glastonbury Abbey das Tor zur irdischen Welt für diejenigen, die nicht den Grenzweg durch die Nebel nach Avalon finden können. Sie betreten den irdischen Kreislauf des Vergänglichen, den Kreislauf von Geburt, Leben, Tod, Auferstehung.

Irgendwie sind die Männer plötzlich beim Thema Alterungsprozess angelangt und beginnen, über ihr eigenes Alter zu witzeln.
Jan und Lucas necken amüsiert Markus, der mit Dreiundvierzig Jahren der Älteste von den Männern ist, dass er ja bereits kurz vor der Vollendung seines Lebenszyklus und der Wieder-Auferstehung steht. Sie fragen ihn, wie er sich dabei fühlt, als fast Erleuchteter herumzulaufen. Er verteidigt sich lachend damit, dass die beiden anderen schon noch in sein Alter kommen werden, aber vorher noch ganz strenge Prüfungen zu bewältigen haben – wie er aus eigener Lebens-Erfahrung bereits weiß.

Die Frauen hören, dass Jan Siebenunddreißig und Lucas „erst" Dreißig ist. Natürlich werden auch sie nun nach ihrem Geburtsjahr gefragt. Lina ziert sich nicht lange und gibt ihre Siebenundvierzig Lenze zu, während Carolin und Angel vage „Anfang Dreißig" angeben. Die Antwort ist ja auch fast korrekt, da sie in Wirklichkeit Vierunddreißig und Sechsunddreißig Jahre jung sind.

Letztendlich finden die Männer scherzhaft, dass sie sich alle ganz gut gehalten haben und dass ab einem Alter von Fünfzig sowieso der Altersunterschied keine Rolle mehr spielt, sondern nur noch die Lebenserfahrung bzw. die bis dahin erlangte Weisheit. Offen bleibt dann nur noch die Frage, was man im hohen Alter – also über 60 sozusagen – mit der ganzen Weisheit so anfängt.

Als sie dann den lustigen gemeinsamen Abend beenden, bemerkt Carolin Angels nachdenklichen und leicht skeptischen Gesichtsausdruck. Sie begleitet sie zu ihrem Zimmer und erkundigt sich, was ihr denn nun schon wieder zu schaffen macht.

Sie erfährt, dass Angel sich offenbar endlich mit dem Gedanken an eine Annäherung zwischen ihr und Lucas angefreundet hat. Aber nun kommen ihr neue Bedenken, weil Lucas sooo viele Jahre jünger ist als sie. Carolin hat das Gefühl, bei ihrer besten Freundin wieder von vorne beginnen zu müssen.

Aber Angel weist sie ernsthaft daraufhin, dass sie bereits in der sechsten Klasse war, als Lucas erst eingeschult wurde und dass zwischen Kindern dieser Altersklassen in der Schule Welten liegen. Da sie ihre Worte mit einer pathetischen ausgreifenden Armbewegung unterstreicht, kann Carolin nicht länger an sich halten und prustet lachend los.

Als sie sich wieder beruhigt hat, fragt sie ihre Freundin, ob sie das wirklich ernst meint. Sie ist doch inzwischen erwachsen und Lucas offensichtlich auch. Da muss man doch jetzt nicht anfangen, nach Peanuts im Kindergarten zu suchen – nur um sich selbst zu beweisen, dass das nichts werden kann mit ihnen beiden.

Angel findet das überhaupt nicht lustig und erinnert Carolin daran, dass sie bisher nicht gerade die besten Erfahrungen mit Männern gemacht hat – egal ob jünger oder gleich alt. Entweder ist sie für die interessanten Männer unsichtbar oder die, die sich für sie interessieren, nehmen nach kurzer Zeit wieder Reißaus, weil es ihnen mit ihr zu langweilig ist. Carolin winkt ab und bittet sie, nichts in das Verhalten ihrer Verflossenen hinein zu interpretieren. Die passten einfach nicht zu ihr – basta. So fragt sie Angel direkt, ob sie Angst davor hat, nicht gut genug für Lucas zu sein. Angels betretenes Gesicht bestätigt ihr ihre Vermutung.

Sie nimmt ihre Freundin in die Arme und flüstert ihr tröstende Worte zu. Dann schaut sie ihr streng in die Augen und fordert sie auf, sich nicht immer wieder kleiner zu machen, als sie ist. Wenn Lucas sie nicht interessant finden würde, dann würde er doch nicht ständig an ihrer Seite sein und ihr interessierte Blicke zuwerfen.

Nun muss Angel lachen und meint, dass sie von den besagten Blicken überhaupt nichts gemerkt hat. Carolin schaut sie mitleidig an. Für alle anderen ist es offensichtlich, dass da etwas zwischen ihnen ist. Die Luft vibriert regelrecht, wenn sie beide im selben Raum sind, und jeder spürt das. Nur sie selber steckt mal wieder den Kopf in den Sand. Carolin bittet sie inständig, jetzt endlich mit den Verteidigungsspielchen aufzuhören und sich einfach mal zu freuen auf das Neue, Unbekannte. Sie braucht noch nicht mal etwas zu tun, sondern erst einmal nur anzuschauen, was Lucas macht und sich darauf einzulassen, ihn kennenzulernen. Ihrer Meinung nach ist Lucas keiner, der nimmt, was sich ihm bietet, obwohl ihm sicherlich die Frauen nachlaufen. Er wirkt offenherzig, bodenständig und absolut zuverlässig auf sie. Natürlich kennen ihn viele Leute und selbstverständlich begegnet er ihnen offen und freundlich – nicht nur, weil es von ihm erwartet wird, sondern weil es einfach zu seinem Wesen gehört.

Wow – Angel hört der Rede ihrer besten Freundin mit offenem Mund zu. Das klingt ja, als würde sie Lucas schon ewig kennen. Carolin lacht und erinnert sie daran, dass sie Augen im Kopf, eine gute Beobachtungsgabe und eine noch bessere Menschenkenntnis hat. Das weiß Angel nur zu gut. Schon so oft hat sie ihr die Charaktere ihrer Männerbekanntschaften detailliert beschrieben und bisher – leider – immer Recht behalten.

Dennoch fühlt sie sich unsicher. Je länger sie mit Lucas zusammen ist, desto besser gefällt er ihr. Aber sie ist sich auch nach Carolins positiver Einschätzung von ihm nicht sicher, ob sie ihn nicht nur durch eine rosarote Brille wahrnimmt und seine sogenannten Schattenseiten einfach beiseite schiebt, weil sie sie nicht sehen kann oder will. Carolin schaut sie interessiert an. Wie es aussieht, traut Angel sich selbst und ihren eigenen Gefühlen nicht und spielt sie deshalb womöglich bewusst herunter. Sie macht ihre Freundin darauf aufmerksam und rät ihr, dass nur die eigene Erfahrung sie wissend machen kann. Wenn sie es jedoch gar nicht erst ausprobiert, wird sie nie herausfinden, ob sie nicht doch etwas sehr Wertvolles und Schönes verpasst hat. Also kann sie entweder mit sich und ihren Entscheidungen hadern oder einfach mal mutig sein. Dann wird sie schon sehen, was geschieht. Mit diesen Worten lässt sie Angel einfach stehen und geht in ihr eigenes Zimmer.

Angel bleibt nachdenklich zurück. Am nächsten Tag wollen sie Chalice Well besuchen und selbstverständlich wird Lucas wieder dabei sein. Auch wenn ihr der Altersunterschied immer noch ein wenig suspekt ist, will sie versuchen, sich nicht ständig in Gedanken auszumalen, ob und wie sich das irgendwie auf eine Beziehung zwischen ihnen auswirken kann.

CHALICE WELL

Am nächsten Morgen hat sich Angel wieder beruhigt und sieht dem neuen Tag gelassen entgegen. Nach dem gestrigen anstrengenden Aufstieg zum St. Michaels Turm würde ihnen der Aufenthalt in den wunderschönen Anlagen von Chalice Well gut tun.

Als sie am Eingang des Geländes ankommen, wartet Lucas bereits auf sie. Er nimmt Angel den Rucksack mit dem Kristallschädel ab und ergreift einfach ihre Hand. Sie sieht ihn an und lässt es geschehen. Dann betreten sie gemeinsam mit den Anderen das Gelände der berühmten Gärten und Quellen von Chalice Well.
Angel hat das Gefühl, als würde hier in diesem Moment die Zeit still stehen. Nicht umsonst wird dieser Platz als sagenumwobener heiliger Ort von seinen Besuchern beschrieben.

Alles wirkt irgendwie verzaubert – die Bäume, Sträucher, Blumen und die verschiedenen Wasserstellen. Während sie Hand in Hand die Wege entlang schlendern, kann Angel sich nicht satt sehen an den vielen kleinen Details der Gartenanlage. Wohin sie blickt, sieht sie sofort etwas Neues, das sie in den Bann zieht. Obwohl Lucas sicher schon oft hier war, teilt er ihre Begeisterung und macht sie seinerseits auf Besonderheiten aufmerksam.
Beim ersten Rundgang sehen sie Wasserquellen in Form eines kleinen Wasserfalles, aus einem Löwenkopf sprudelnd und an einem Vesica Piscis Pool, wo das Wasser über mehrere ausladende Schalen in ein flaches Becken fließt, das zwei ineinander verschlungene Kreise darstellt.

Angel und Lucas entscheiden sich, zunächst beim Wasserfall zu verweilen. Er besteht aus rostroten treppenartig angeordneten Stufen, die eingebettet von Moos und Grünpflanzen vom Wasser überspült werden. Angel setzt ihren Kristallschädel „Botschafter der Liebe" auf eine Stufe, so dass er vom Wasser benetzt wird.

Lucas zieht sie neben sich auf die Steine links vom Wasserfall. Das Plätschern des Wassers versetzt sie zurück in die andere Zeit und sie hört die Stimme der Wasserfee:

Erinnere dich nun an das, was ich dich lehrte.

Das Wasser als ein heilendes Element, als reinigendes und sehendes Medium ist unverzichtbar für dich selbst und deine energetische Arbeit. Es kann dich nur unterstützen, wenn du es ihm erlaubst, dich ihm hingibst – seinen sanften Berührungen, sowohl dem leisen Plätschern als auch dem reißenden Strom. Erkenne dein Spiegelbild auf seiner Oberfläche. Tauche vollständig ein, werde Eins mit ihm.

Es trägt dich in deinen eigenen heiligen Raum, wo du Frieden erfährst und den Zugang zum Potenzial der Schöpfung findest.

Wisse, dass du das gesamte Potenzial sehen kannst, aber noch nicht jeder bereit ist, es anzunehmen. Bedränge niemanden.

Stelle das Feld der Liebe zur Verfügung, sei reinen Herzens und gedanklich bei dir und deiner Aufgabe. Der Suchende wird finden und nehmen, was er braucht.

Als Angel die Augen öffnet, bemerkt sie, dass Lucas sie lächelnd anschaut. Auf ihren fragenden Blick hin, gesteht er ihr, dass sie in diesem Moment für ihn strahlend schön aussieht. Sie schaut ihn mit großen Augen erstaunt an und errötet.

Um von sich abzulenken, fragt sie ihn, was er an diesem Ort empfindet und ob er Visionen an der Quelle wahrnimmt.
Lächelnd antwortet er ihr. Obwohl er schon oft hier gesessen hat, ist es dieses Mal etwas Besonderes für ihn – einfach weil sie dabei ist. Noch nie hat er so einen tiefen Seelenfrieden empfunden, ein Gefühl des Angekommen-Seins wie jetzt, hier an diesem Platz, mit ihr gemeinsam. Er muss sie einfach anschauen, wie sie da versunken in ihre eigene Meditation, von innen heraus strahlt und ihn scheinbar in ihr Energiefeld mit einhüllt. Er hat auch gar nicht das Bedürfnis, sich dem zu entziehen. Im Gegenteil – er fühlt, dass sie beide auf verschiedenen Ebenen miteinander eng verbunden sind, ohne es genau beschreiben zu können.

Angel ist erstaunt darüber, dass Lucas als Mann seine Empfindungen so detailliert ausdrücken kann.

Lucas erzählt ihr, dass er ebenfalls die Präsenz einer feenartigen Gestalt wahrgenommen hat. Er beschreibt sie als weiblich wirkendes Wesen in einem weißen durchscheinenden Gewand, das scheinbar aus ihrem Kristallschädel heraustritt. Diese Fee bittet ihn, ihr einfach zuzusehen. Es sieht für ihn so aus, als wenn sie zunächst über dem Wasser schwebt und dann um ihn herum tanzt. Er ist verzaubert von ihrer Grazie, kann jedoch ihr Gesicht und ihre Figur nicht klar erkennen. Plötzlich kommt sie auf ihn zu und fordert ihn zum

Mittanzen auf. Obwohl er eigentlich gar nicht tanzen kann, fällt es ihm nicht schwer, ihren Bewegungen zu folgen und sich sogar von ihr führen zu lassen. Dann animiert sie ihn, selbst zu führen, was ihm erstaunlicherweise mühelos gelingt.

Zum Schluss erklärt sie ihm, dass sie beide eben den Tanz der Liebe ausgeführt haben – einen Tanz, bei dem mal der Eine und mal der Andere die Führung übernimmt. Mal tanzen sie gemeinsam, mal jeder für sich. Jedoch verlieren sie dabei niemals das Wesentliche aus den Augen: die Liebe.

Nach seiner Erzählung sitzen Angel und Lucas noch eine Weile schweigend nebeneinander, schauen auf die Quelle und lauschen der Melodie des Wassers.

Dann steht Angel auf und geht auf die rechte Seite des Wasserfalls, um ihren Kristallschädel wieder an sich zu nehmen. Lucas hat offensichtlich die gleiche Absicht und streckt ebenfalls seine Hände nach dem Schädel aus, wobei sein linker Unterarm ins Wasser eintaucht.

Und dann geht plötzlich alles blitzschnell:

Lucas erscheint es so, als wenn der Drachen auf seinem Tattoo lebendig wird und sich aus seiner Hand heraus schlängelt in Richtung des Kristallschädels, wobei die Haut um sein Tattoo heftig kribbelt.

Im gleichen Moment verspürt Angel, die den Schädel mit ihren Händen bereits berührt, ein Zwicken an ihrem linken Zeigefinger, als hätte sie einen Stromschlag abbekommen. Fast hätte sie den Schädel weg geschubst. Lucas kann ihn gerade noch auffangen. Er nimmt ihn aus dem Wasser, trocknet ihn ab und reicht ihn Angel, die ihn mit zitternden Händen entgegen nimmt.

Sie brauchen nicht über das Geschehene zu sprechen. Beide Gesichter drücken deutlich Erstaunen über das soeben Erlebte aus. Der Drachen sitzt wieder an seinem üblichen Platz im Tattoo, als hätte er ihn nie verlassen. Nachdem Angel und Lucas tief durchgeatmet haben, gehen sie langsam weiter.

An der nächsten Station – der Quelle mit dem Löwenkopf – schöpfen sie das eisenhaltige Wasser, um es zu trinken. Der Geschmack ist etwas sonderbar. Sie vertrauen jedoch auf die nachhaltige Wirkung und trinken ihre Gläser aus.
Nach dem Schreck mit dem Drachen hat der Trank auch eine beruhigende Wirkung auf sie.

Langsam schlendern sie nun zu dem berühmten mystischen Brunnenschacht, dessen Deckel mit einer Vesica Piscis verziert ist – zwei Kreisen, die sich in der Mitte überschneiden. Das ist ein uraltes heiliges Symbol der Transformation und erinnert in seiner Form an die Dualität des irdischen Lebens und die Suche nach der Einheit.

Die Vesica Piscis haben sie bereits mehrmals auf dem Gelände gesehen. Das Zeichen auf dem Brunnendeckel ist jedoch der Länge nach zusätzlich geteilt – von einem Speer, einer Lanze oder einem Schwert? Am oberen Ende des Speeres ist ein Herz zu sehen, das untere Ende wird von Blättern eingerahmt.

Angel erkundigt sich bei Lucas, was das zu bedeuten hat. Natürlich hat er sofort eine Antwort parat.
Vielleicht wollte der Erbauer symbolisch eine Verbindung zwischen der heiligen Quelle und König Arthurs Schwert Excalibur, einem

Symbol für die Macht von Avalon, herstellen. Die Blätter könnten ein Bezug zu Josef von Arimathäa sein.

Der Legende nach soll er bei seiner Ankunft in Glastonbury seinen Wanderstab in die Erde gesteckt haben. Aus diesem Stab wurde ein Dornenbusch, der im Frühling und im Winter blüht. Einige Ableger von diesem Busch sollen hier in Chalice Well zu finden sein.

Als Schwert könnte es bedeuten, dass der Betrachter des Zeichens sich zunächst an die göttliche Einheit erinnern sollte, um das Prinzip der Zweiheit zu verstehen, bevor er dieses Instrument (das Schwert) zur Teilung bewusst einsetzen kann – zum Wohle des Einen, der gesamten Schöpfung, so wie König Arthur es tat. In gewisser Weise teilt es ja die beiden ineinander verschlungenen Kreise auf dem Brunnendeckel – genau durch die Mitte hindurch.

Da Angel etwas skeptisch schaut, meint Lucas ihr schelmisch zuzwinkernd, er könnte sich auch etwas Anderes vorstellen. Die beiden Kreise an sich haben ja verschiedene Bedeutungen. Zum Beispiel ist diese Art der Darstellung auch das Grundmotiv, aus der die Blume des Lebens entsteht. Außerdem repräsentieren sie die Verbindung zwischen dem göttlich Männlichen – Geist, Bewusstsein – und dem göttlich Weiblichen in Form von Erde, Materie. Die Stelle, an der nun beide zusammentreffen, ist die eigentliche Kraftquelle. Mit ein wenig Phantasie könnte man sich dann vorstellen, dass der Liebesgott Amor seinen Pfeil hier eingesetzt hat, um symbolisch zwei Wesen untrennbar miteinander zu verbinden und ihr Energiepotenzial zu verschmelzen.

Angel unterdrückt ein Lachen und bittet Lucas um Ruhe, um sich in die Energie der Quelle einfühlen zu können.

Nachdem sie ihren Kristallschädel an den Rand des Brunnens abgesetzt hat, nimmt sie wieder neben Lucas Platz und schließt ihre Augen. Sie lauscht dem leisen Plätschern, das aus der Tiefe des Schachtes nach außen dringt. Dann hört sie wieder die Stimme der Wasserfee.

Du hast nun auf dieser Reise deinen eigenen heiligen Gral gefunden. Erlaube dir, ihn anzunehmen. Er enthält das Geschenk der Liebe, das geteilt werden möchte.
Verschenke deine Liebe und das alte Wissen, dessen du dich hier erinnert hast. Beides – deine Liebe und deine Gaben – wird bereits erwartet. Nutze sie weise.

Mit einer segnenden Geste über Angels Kopf löst sich die lichtvolle Gestalt der Fee vor ihren inneren Augen auf.

Angel hat das Gefühl, als hätte sich damit für sie die Tür zu ihrer Vergangenheit in Avalon geschlossen. Sie empfindet jedoch keinen Verlust oder Traurigkeit darüber, sondern eher Freude und Leichtigkeit. Es ist, als hätte sie alten Ballast abgeworfen. Angesichts ihres emotionalen Chaos am letzten Weihnachtsfest fühlt sie sich frei und kann nun unbeschwert ihren Weg im Hier und Jetzt gehen.

Sie schaut auf den Mann, der neben ihr auf den Steinen an der Quelle sitzt. Auch er wirkt friedlich und in sich ruhend. Anscheinend hat er ihren Blick gespürt, denn er öffnet plötzlich die Augen und sieht sie lächelnd an. Wortlos nimmt er den Kristallschädel auf und reicht die andere Hand Angel, um ihr beim Aufstehen behilflich zu sein.

Dann zieht er sie mit sich zu einer Bank, die versteckt zwischen den Bäumen steht. Während Angel noch auf der Suche nach der richtigen Sitzposition auf der Bank herumrutscht, legt Lucas ihr seine Hände an die Wangen und küsst sie einfach. Sanft legt er seine Lippen auf ihre und zieht sie dabei ein wenig dichter an sich heran. Angel ist so verblüfft, dass sie gar nicht auf die Idee kommt, sich dagegen zu wehren. Außerdem fühlt es sich zu gut an.

Fast möchte sie protestieren, als Lucas sich langsam zurückzieht. Ihr ist, als hätte sie dabei einen leisen Seufzer von ihm vernommen. Und da gesteht er ihr auch bereits, dass er das schon seit Tagen machen will und fragt sie, ob sie ihn dafür nun am liebsten in die Wüste schicken möchte. Angel lacht. Sie pikst ihm einen Zeigefinger in den Bauch und erinnert ihn an ihre erste Begegnung und seine großen Sprüche. Gespielt verwirrt hebt er die Augenbrauen. Als sie daraufhin mit herausgestreckter Brust seine Stimme nachahmt von wegen „Ich bin der beste Fremdenführer weit und breit", muss er lauthals lachen. Sie sieht aber auch zu komisch dabei aus. Dann fragt er sie, ob er denn wirklich so eine schlechte Figur in den letzten Tagen gemacht hat. Kichernd antwortet sie ihm, dass sie sich zu seiner Figur lieber nicht äußern möchte, er aber damit bei den meisten Frauen sicherlich punkten kann.

Die Stirn nachdenklich runzelnd fragt er sie scherzend, warum das bei ihr denn nicht funktioniert. Nun wird Angel ernst und erinnert ihn daran, dass auf ihrer gemeinsamen Reise schon der oder die eine ihn erkannt und angesprochen habe und dass ihr durchaus bewusst sei, dass er eine Berühmtheit ist.

Davon will er aber nichts wissen und besteht darauf, ein ganz normaler Mann zu sein. So richtig überzeugt schaut sie jedoch nicht aus.

Lucas fragt sie deshalb ganz direkt, was eigentlich ihr Problem sei. Die große Anziehungskraft zwischen ihnen ist nun einmal für beide unleugbar spürbar.

Hat das vielleicht etwas mit ihren Erinnerungen aus den früheren Leben zu tun, mit Frederic bzw. Michel in der heutigen Zeit oder mit Erec?

Angel verneint das. Irritiert schaut sie ihn an, weil sie erstaunt darüber ist, dass er sich an die Namen dieser Männer erinnert.

Es ist einfach so, dass sie nicht recht glauben kann, dass ein Mann wie er sich für sie interessieren könnte. Was findet er überhaupt an ihr?

Lucas gesteht, dass er das selbst nicht so genau definieren kann. Aber wie soll man auch etwas verstehen, was man nicht logisch erklären kann? Er stellt Angel eine Gegenfrage: kann sie erklären, wie ihr Kristallschädel funktioniert, woher der seine Informationen erhält? Nicht wirklich. Aber sie vertraut ihm. Und wieso? Weil es sich für sie richtig anfühlt.

Lucas kann ihr keine plausible Erklärung für seine Gefühle geben – sie sind einfach da. Es fühlt sich unfassbar gut an, wenn er mit ihr zusammen ist. Das reicht ihm für den Anfang.

Angel kaut an ihrer Unterlippe und meint leise, dass sie nicht weiß, ob sie ihm wirklich vertrauen kann.

Lucas fährt sich ratlos durch die Haare und schnauft. Wenn es so einfach wäre, würde er ihr Vertrauen einhauchen. Aber das ist offensichtlich ihr Problem und nicht seines.

Er bittet sie, einmal über die vielen Zu-Fälle nachzudenken, die sie miteinander verbinden:

die Begegnung in Tintagel in dem mystischen Laden seiner Cousine, dass er ausgerechnet in diesem Moment auch Zeit hat, ihre Gruppe zu begleiten.

Sie erfahren unabhängig voneinander, aber zum gleichen Zeitpunkt, dass sie sich aus einem früheren Leben kennen.

Er trägt ein Drachen-Tattoo, dasselbe, das sie in einem Traum gezeigt bekommt und das gerade in dem Moment ihrer gemeinsamen Meditation im Wasser von Chalice Well aktiviert wird.

Ihr eigener Kristallschädel übermittelt ihnen beiden Botschaften, die sie zueinander führen sollen.

Letztendlich wendet sich sogar Angels Mentorin aus Avalon – die Wasserfee – an sie beide beim Wasserfall an der roten Quelle hier in Chalice Well.

Wieviel Beweise braucht sie denn noch?

Angel sieht ihm in die Augen und stimmt ihm zu, dass all diese Dinge schon sehr ungewöhnlich sind. Allerdings könnte seine Interpretation auch weit hergeholt sein.

Er widerspricht ihr. Das wäre es nur, wenn sie beide sich nicht zueinander hingezogen fühlen würden.

Er gibt zu, dass ihre Ängste und Zweifel möglicherweise berechtigt sind und fügt hinzu, dass sie aber nicht sehr hilfreich sind.

Was wäre, wenn sie sich ihrer Angst stellen würde – verletzt oder am Ende zurückgewiesen zu werden, als leichtgläubig und blauäugig vor Anderen oder vor sich selbst da zu stehen, falls es doch kein Happyend gibt?

Was wäre, wenn die Erfahrung, sich ganz eingelassen und den Moment mit ihm gelebt zu haben, ihr das Wissen gibt, später nicht nachgrübeln zu müssen, ob sie nicht doch etwas Schönes verpasst hat oder ob es sich nicht doch gelohnt hätte – wie auch immer es weitergeht bzw. endet?

Angel sieht ihn nachdenklich an. Dann nickt sie und gibt ihm Recht. Gleichzeitig bittet sie ihn um Geduld, da sie sich nicht sicher ist, ob ihr Kopf das Signal „absolutes Vertrauen in Lucas" bereits problemlos umsetzen kann.
Als sie ihn fragt, wie es nun weitergeht, bittet Lucas sie, noch ein paar Tage in England zu bleiben. Das verneint sie sofort. Das, was sie hier erlebt hat, muss sie erst einmal verarbeiten – allein und zu Hause, ohne Ablenkung.

Lucas lacht, steht auf und zieht sie mit einer Hand mit sich. Dann schaut er sie gespielt ernst an und meint, dass er sie jetzt noch einmal küssen würde – aber richtig.
Als er sie dann an sich zieht und ihren Mund berührt, klopft Angels Herz bis zum Hals. Sie öffnet die Lippen und spürt, wie sich ihr beider Atem vermischt und ihr Körper scheinbar in Lucas hineingezogen wird. Nach einer gefühlten Ewigkeit lösen sie sich voneinander und Lucas hält sie fest in seinen Armen, seinen Kopf an ihren Hals geschmiegt. Er scheint genauso tief berührt zu sein wie Angel.
Auf einmal hören sie leise Stimmen und bemerken, dass Carolin und Jan ihnen auf dem Weg entgegenkommen. Sie lösen sich so weit voneinander, dass sie nur noch Hand in Hand dastehen. So sehen sie lächelnd den beiden Freunden entgegen.

Carolin hat natürlich die Situation sofort erfasst und zwinkert Angel zu. Diese errötet und wendet sich schnell an Jan, um sich zu erkundigen, welche Station sie hier als nächstes ansehen möchten.

Er zeigt mit einem Zeigefinger in die Richtung, die Angel und Lucas auch gerade einschlagen wollen.

So gehen sie gemeinsam zu einem weiteren magischen Platz an diesem wunderschönen Ort.

Sie sehen zum wiederholten Mal eine Ausführung der Vesica Piscis. Hier an dieser Stelle besteht sie aus zwei größeren flachen Wasserbecken, die gespeist werden vom rötlichen Quellwasser, das über sieben weiblich wirkende flache Schalen in das große Becken fließt. Die von grünen und blühenden Pflanzen eingerahmten Schalen sind so angelegt, dass das Wasser in jeder von ihnen eine Acht beschreibt – das Zeichen des ewigen Lebens, der Unendlichkeit – und dann symbolisch als die ewige Quelle des Lebens aus dem Schoß des göttlich Weiblichen in den Pool der Vesica Piscis fließt.

Als Angel, Lucas, Carolin und Jan dort ankommen, treffen sie auf Markus und Lina, die auf einer Bank sitzen und einen sehr entspannten Eindruck machen.

Sie beschließen, an dieser wunderschönen Kreation der Vesica Piscis eine letzte gemeinsame Meditation zu machen.

Angel setzt ihren Kristallschädel auf den Rand der Begrenzungssteine. Dann geht sie zu ihren Freunden, die sich einander bei den Händen haltend im Halbkreis um das äußere Becken aufgestellt haben.

Angel schaut auf das Wasser – wie es aus der ersten Schale an die Oberfläche sprudelt, dann in die nächste Schale fließt, diese umspült und von einem kleinen Becken in das nächste strömt, um sich letztendlich über einen pilzförmigen Stein in die Vesica Piscis zu ergießen. Es scheint so, als ob das fließende Wasser hier eine andere Melodie erzeugt als am Wasserfall oder an der Löwenkopfquelle.

Das rhythmisch plätschernde Geräusch treibt ihren Geist in einen endlosen Raum von tiefem Frieden, in dem sie ihren Körper nicht mehr wahrnimmt. Mit dem Wasser als Hintergrundmusik glaubt sie die Stimme der Wasserfee zu hören:

Spüre die weichen fließenden Energien in dir, die immer wieder aus der göttlichen Quelle geschöpft werden und dem ewigen Kreislauf von Geburt, Leben und Vergehen zugeführt werden·

Wehre dich nicht dagegen, sondern öffne dich·

Lasse deine Angst vor dem, was du nicht kennst und erklären kannst, los·

Vertraue: dir selbst, dem Leben und der Liebe·

Ein leichter Händedruck von Lucas, der neben ihr steht, signalisiert ihr das Ende der Meditation.
Als sie in die Gesichter ihrer Freunde schaut, zeigen diese ebenfalls einen seligen Ausdruck, als wären sie am gleichen Ort wie sie selbst gewesen.

Lucas jedoch schreibt etwas in ein kleines Notizheft. Angel sieht ihm über die Schulter und bemerkt erstaunt neben einzelnen Worten auch Noten auf dem Papier. Bevor sie ihn danach fragen kann, erklärt er ihr, dass er gerade hier an diesem wunderschönen Ort Impulse für eine Komposition erhalten hat.
Er hat nämlich einen Auftrag für eine Filmmusik. Sie soll eine Dokumentation über magische Orte in Irland und Geschichten über Naturwesen untermalen.

Angel gratuliert ihm und bemerkt, dass sich seine Fremdenführertätigkeit wohl auch für ihn selbst ausgezahlt hat. Er stimmt ihr zu und betont, dass das nicht geplant gewesen ist und er nicht damit rechnen konnte, so viele Inspirationen auf ihrer gemeinsamen Reise zu empfangen. Schließlich ist er ja nicht das erste Mal an all diesen Orten gewesen. Umso dankbarer ist er, dass er die Gruppe begleiten und nebenbei eine so tolle Frau kennenlernen darf. Angel verdreht die Augen angesichts dieses Komplimentes. Es verunsichert sie noch immer, wenn Lucas solche Sachen zu ihr sagt.

Ihre Freunde erinnern sie daran, dass es Zeit für einen letzten Lunch ist, bevor es auf die Heimreise geht. Während des Essens hat jeder so viel zu berichten. Wie nicht anders zu erwarten, finden sie alle Chalice Well zauberhaft und möchten am liebsten noch bleiben. Jeder hat das Gefühl, dass es da noch so vieles zu entdecken gibt.

Markus erkundigt sich bei den Pärchen Carolin und Jan sowie Angel und Lucas, ob sie denn die versteckten lauschigen Plätze auch gefunden haben. Ihnen verschmitzt zuzwinkernd fragt er sie, ob sie diese auch genutzt haben. Angel errötet, während Carolin den rechten Zeigefinger auf die Lippen legt und Stillschweigen darüber signalisiert. Lucas und Jan grinsen nur und wundern sich, dass der ansonsten eher schweigsame Markus plötzlich solche persönlichen Fragen stellt.
Lucas fragt ihn lachend, ob er etwa das rote Wasser aus der Zauberquelle getrunken hat. Natürlich hat Markus aus der Quelle mit dem Löwenkopf getrunken – genau wie alle anderen auch. Außerdem ist er im Heilwasserbecken herumgelaufen. Danach hat er sich viel leichter gefühlt, als ob ihm das Wasser eine Last abgenommen hat.

Jan wirft ein, dass er froh ist, nicht nach ihm den Heilwasserpool betreten zu haben – so schwarz wie der Inhalt nach Markus Fußbad ausgesehen haben muss. Obwohl alle lachen müssen, weist Angel ihre Freunde darauf hin, dass offensichtlich etwas mit Markus geschehen ist – er strahlt regelrecht von innen heraus. Dem können die Anderen nur zustimmen. Markus freut sich, dass seine Freunde die Veränderung an ihm ebenfalls bemerken.

Lina erzählt nun, dass sie den Shop, den ihr Lucas Cousine empfohlen hat, aufgesucht hat. Wie sich herausstellt, ist er genau neben dem Eingang zum Gelände von Chalice Well. Sie berichtet von den wundervollen Essenzen, die offensichtlich aus den Blüten des Gartens hergestellt werden. Zusätzlich sind sie mit verschiedenen natürlichen Energien angereichert, die sich bei der Herstellung ergeben – zum Beispiel durch das Licht der Sonne oder des Vollmondes, sanft fallenden Regen, das Zwitschern der Vögel oder das Summen der Bienen oder auch durch die Energie von Jahresfesten wie Beltane und die Sommersonnenwende.
Natürlich sind dabei auch Feen anwesend, die im gesamten Garten zu Hause sind und die es sich nicht nehmen lassen, jeder Blütenmischung zusätzlich mit einer Prise Glitzerstaub eine eigene besondere Note zu geben. Lina schwärmt regelrecht und reicht dann einige erworbene Essenzen herum. Jeder muss einmal an den Fläschchen schnuppern. Angel und Carolin sind hin und weg von den Düften, während die Männer eher zurückhaltend mit Kommentaren sind.

Carolin bemerkt, dass Markus auf sein Handy schaut und fragt ihn, ob er Fotos gemacht hat. Er zeigt ihr das Display. Darauf sieht sie eine Landkarte von Südengland. Markus erinnert sie daran, dass er in der

Höhle Merlins Cave in Tintagel von seinem Geistführer diese Karte gezeigt bekommen hat. Nun markiert er gerade die Orte, die sie gemeinsam besucht haben und vergleicht sie mit der imaginären Karte. Er stellt fest, dass Tintagel, St. Michael´s Mount, Glastonbury und Dover mit dem Plan übereinstimmen. Die fünfte Station, die er in Merlins Cave gesehen hat, fehlt jedoch noch. Lucas schaut sich das Bild an und meint, es könnte sich um Stonehenge handeln, denn das liegt genau an der eingezeichneten Stelle. Er weist auch darauf hin, dass sie auf ihrem Rückweg von Glastonbury nach Dover daran vorbeifahren. Leider können die Freunde dort nicht anhalten, da sie sonst ihre Fähre nicht mehr rechtzeitig erreichen.

Carolin glaubt sich an einen zweiten Teil der Botschaft von Markus Geistführer zu erinnern. Da ging es darum, die markierten Orte aufzusuchen, ohne etwas zu verlieren. Markus nickt und erklärt ihr seine Version der Interpretation dieser Worte. Wie sie alle ja schon bemerkt haben, läuft er immer ziemlich schnell vorwärts, wenn er sein Ziel anvisiert hat. Da sie nun als Gruppe hierher gereist sind, geht es wohl auch darum, einerseits sich selbst in der Gemeinschaft nicht zu verlieren und andererseits auch die Anderen nicht aus den Augen zu verlieren – d.h. achtsam mit sich selbst und den Freunden umzugehen. Lina und Carolin bestätigen sanft lächelnd, dass er diese Aufgabe mit Bravour bestanden hat.

So wie es aussieht, wird er aber noch einmal nach England reisen müssen, um die fünfte Station auf seiner Karte aufzusuchen.

Aber erst einmal bedankt er sich bei Lucas für seine Unterstützung während ihrer Rundreise. Gleichzeitig lädt er ihn ein, ihn in Deutschland zu besuchen. Carolin ist sofort begeistert von dieser Idee und plant schon ein großes Treffen, zu dem natürlich auch Lina und Jan kommen müssen.

ZEICHEN DES VERTRAUENS

Dann ist es Zeit zum Abschied – glaubt Angel.
Aber es stellt sich heraus, dass Lucas sie noch bis Dover begleiten möchte.
Er strahlt sie an und meint, dass sie ihn noch nicht los wird. Auf die eindeutigen Fragezeichen in ihren Augen antwortet er, dass er bei einem Freund übernachten wird und schon einen Weg nach Hause zurück findet.

Dann zieht er eine kleine Schachtel aus der Hosentasche, aus der er einen wunderschönen Vesica Piscis-Anhänger an einer vergoldeten Kette nimmt. Er legt ihn Angel um den Hals. Zufrieden über sein Werk schaut er sie liebevoll an und erklärt ihr das Geschenk. Er kann sie nicht zwingen, ihm zu vertrauen. Taten zählen mehr als Worte. Das weiß er nur zu gut. Die Zeit wird zeigen, ob ihr Vertrauen – wenn sie es ihm denn schenkt – gerechtfertigt ist.
Wenn sie doch einmal zweifeln sollte, kann sie den Vesica Piscis-Anhänger anschauen und sich an die schöne Zeit hier an den heiligen Orten in England und ihre gemeinsamen Erlebnisse erinnern. Vielleicht gibt ihr das die Kraft und den Mut, den sie braucht, um ihre Zweifel zu überwinden.
Die Vesica Piscis – von Amors Pfeil durchbohrt, fügt er grinsend hinzu - könnte für sie beide ein Symbol ihres Vertrauens ineinander sein. Er nimmt ihre linke Hand, legt sie auf den Anhänger und seine Hand darüber. Dann bittet er sie, in ihre Hände hinein zu fühlen. Sie weiß genau, was er damit sagen möchte. Sie kann seinen Herzschlag fühlen, wenn sie wieder zu Hause ist und das Vesica Piscis-Zeichen berührt.

Diese Geste und seine Worte gehen ihr sehr zu Herzen. Als Dank und weil sie es einfach tun muss, gibt sie Lucas einen sanften liebevollen Kuss.

Sie werden unsanft von Markus in die Realität zurückgeholt. Er mahnt zum Aufbruch. Schnell steigen sie als Letzte in den Bus ein. Lucas zieht sie eng neben sich auf die Rückbank und legt seinen rechten Arm um sie. Angel, die sich wohlig und geborgen fühlt, kuschelt sich an ihn und schläft lächelnd ein. Sie träumt:

Sie sieht Lucas auf einem Drachen fliegen, ein blaues Lichtschwert schwingend. Er ist auf dem Weg zu ihr.

Angel sitzt auf einem weißen Einhorn, eingehüllt in weiße luftige Gewänder, und erwartet ihn. Sie trägt ihren Vesica Piscis-Anhänger an einer goldenen Kette um den Hals.

Dann stehen sie sich am Boden gegenüber. Lucas greift mit seiner linken Hand nach ihr und zieht sie zu sich heran. Beide umfassen einander so, dass Angels Herzenshand sein Drachen-Tattoo berührt.

Der Drachen löst sich von Lucas und saust wie eine Rakete durch Angels Körper, durchbohrt ihr Herz und schießt zum Kronenchakra wieder hinaus. Dann umkreist er sie beide spiralförmig, als wollte er sie aneinander fesseln und kehrt an seinen Platz auf Lucas Arm zurück. Lucas erklärt ihr feierlich, dass sie nun auf ewig miteinander verbunden sind.

Dann sieht sie sich und Lucas die Treppe an einem steilen Felsen hinaufsteigen. Oben angekommen schauen sie auf eine Formation aus verschiedenen Felsen. Angel hört die Stimme einer Frau. Ihr Gesang ist sanft und doch eindringlich.
Plötzlich ruft jemand nach ihr.

Angel schlägt die Augen auf und bemerkt, dass Carolin sie anspricht. Sie erklärt ihr, dass sie in Dover angekommen sind.
Angel ist noch ganz benommen von ihrem Traum. Sie schaut zu Lucas, der ihr bedauernd zunickt. Nun ist es wirklich Zeit, wieder getrennte Wege zu gehen.

Nachdem Lucas sich von Angels Freunden herzlich verabschiedet hat, geht er zu ihr und schaut ihr tief in die Augen. Zu ihrer Verwunderung bedankt er sich bei ihr für die schöne Zeit. Er berührt mit seinen Fingern den Vesica-Piscis-Anhänger an ihrem Hals und bittet sie, sich an seine Bedeutung für sie beide stets zu erinnern. Dann küsst er sie sanft und umarmt sie noch einmal kurz. Während er sich langsam von ihrer Gruppe entfernt, dreht er sich noch einige Male um und winkt ihnen zu.
Als er nicht mehr zu sehen ist, folgt Angel ihren Freunden in Richtung Fähre.

AUSBLICKE

Angel steht mit Carolin an der Reling und schaut beim Ablegen ein bisschen wehmütig auf Dover und die Insel zurück. Einerseits ist da ein tiefes Glücksgefühl in ihr. Sie möchte am liebsten die Arme in Richtung Himmel strecken und durch einen Jauchzer ihre Freude zum Ausdruck bringen. Im Hintergrund lauert jedoch eine leise warnende Stimme, die ihr zur Vorsicht rät. Sie nimmt immer noch Lucas Körpergeruch wahr, fühlt seine Arme um ihre Schultern, sieht sein liebevolles Lächeln in seinem Gesicht. Und schon ist die Stimme in ihrem Kopf wieder da und fragt sie, ob sie denn wirklich wissen kann, ob er tatsächlich verliebt ist oder es nur vorgibt zu sein.

Tja, was weiß sie schon über ihn. In der kurzen Zeit ist sie zwar viel mit ihm zusammen gewesen, meistens jedoch im Beisein ihrer Freunde. Zudem sind da noch diese überwältigenden Erlebnisse an den historischen Stätten in England.
Die vielen Informationen aus der Vergangenheit werden sie sicher noch eine ganze Zeit lang beschäftigen.
Außerdem: was ist, wenn sie nur ein Urlaubsflirt für Lucas ist, sie nur eine Phase der Langeweile für ihn überbrückt hat?

Carolin bemerkt wie immer sofort, dass sie schon wieder am Grübeln ist und erkundigt sich, worum sich denn dieses Mal die Diskussion in ihrem Kopf dreht.
Als sie hört, womit sich ihre Freundin da beschäftigt, schaut sie sie ernst an.
Dann erzählt sie ihr, dass sie am Grillabend zufällig ein Telefonat von Lucas mit angehört hat. Soweit sie es mitbekommen hat, hat er dabei

Termine zu Probeaufnahmen verschoben, die mit seiner Musik zu tun haben. So etwas tut man doch nicht aus lauter Langeweile. Als Begründung hat er nämlich auch seinem Gesprächspartner gegenüber angegeben, dass er etwas Wichtiges zu klären hätte und dafür Zeit braucht.

Angel schaut immer noch skeptisch drein. Sie erinnert Carolin daran, dass sie selbst die Fahrt nach England als Urlaubsreise genossen hat. Ist eine Beziehung mit Lucas im Alltag überhaupt möglich? Schließlich wohnen sie beide in verschiedenen Ländern. Da fällt ihr auf, dass sie eigentlich gar nicht weiß, wo er wirklich wohnt. Das hat er nie erwähnt, nur dass er in Irland geboren wurde und gelegentlich in England als Fremdenführer arbeitet. Seltsam, dass ihr das bisher nicht aufgefallen ist und sie sich noch nicht danach bei ihm erkundigt hat. Hat sie die Begegnung mit Lucas so sehr verwirrt, dass sie ihm selbst so wichtige einfache Fragen nicht gestellt hat?

Trotzdem: wie könnte eine Beziehung mit so jemandem wie ihm aussehen? Sie gesteht Carolin, dass sie sich das einfach nicht vorstellen kann. Ihre beste Freundin sieht sie gespielt mitleidig an und meint, dass es im Moment überhaupt keinen Grund gibt, sich da in etwas hineinzusteigern. Das Beste wäre es, einfach erst einmal abzuwarten. Sie fragt Angel, wie sie denn mit Lucas verblieben ist.
Nach kurzem Überlegen meint diese, dass er sie gebeten hat, ihm Bescheid zu geben, wenn sie zu Hause angekommen ist – entweder ihn kurz anzurufen oder ihm wenigstens eine SMS zu schreiben, falls sie zu müde für ein Gespräch ist.

Damit ist für Carolin erst einmal alles klar. Genauso soll Angel es machen und dann abwarten, was passiert – immer einen Schritt nach dem anderen. Dann gibt es keinen Grund, sich um irgendetwas zu sorgen.

Damit lässt sie Angel erst einmal stehen und geht zu Jan hinüber, um sich von ihm umarmen zu lassen. Angel muss schmunzeln, als sie den beiden dabei zusieht. Wie schnell sich das doch alles entwickelt hat auf ihrer kurzen gemeinsamen Reise! Die beiden gehen total locker damit um, auch wenn Jan immer noch etwas schüchtern wirkt. Dafür ist ja Carolin umso geradliniger und zeigt genau, was und wie sie es will. Auf Angel wirken die beiden wie Yin und Yang.

Immer noch lächelnd wendet sie sich ab und schaut auf die See.

Ihre Gedanken schweifen wieder zu Lucas. Während der letzten Tage hat er sich sicher von seiner besten Seite gezeigt, während sie selbst schon gern mal ihre Skepsis und Kratzbürstigkeit demonstriert hat. Das hat ihn ja offensichtlich überhaupt nicht davon abgehalten, sie weiterhin zu begleiten.

Wie sehen wohl seine Schattenseiten aus? Will sie das wirklich wissen? Kann sie ihm wirklich vertrauen?

Er hat gesagt, dass er sie wiedersehen möchte. Wie das geschehen soll, hat er offen gelassen. Kann sie seinen Worten glauben?

Ihre Erfahrungen mit Männern haben sie leider etwas anderes gelehrt – sie haben das eine gesagt und etwas anderes getan. Oder haben sie nur Angels Erwartungen nicht erfüllt? Sie erinnert sich an Carolins Worte. Demnach würden ihre Gedanken die Worte Anderer interpretieren. Aber können denn ihre Gedanken wirklich wissen, was gemeint ist? Meistens führt Angel ja Selbstgespräche im Kopf statt mit dem Betreffenden selber.

Vielleicht hat ihre Freundin ja recht und sie sollte jetzt einfach aufhören über „hätte, wenn und könnte oder doch lieber nicht" nachzudenken.

Was kann im schlimmsten Fall schon passieren? Dass sie Lucas nicht wieder sieht. Könnte sie damit leben? Würde sie ja wohl müssen.
Angel rollt mit den Augen, als sie bemerkt, dass sie schon wieder in das alte Muster verfällt und über ungelegte Eier nachdenkt.

Während sie über das Wasser schaut und den Bewegungen der Wellen mit den Augen folgt, hört sie die Worte der Wasserfee.

Das schönste Geschenk, das eine Frau einem Mann geben kann, ist ihre Hingabe an ihn und sich selbst in ihm.

Hingabe ist nur möglich, wenn man vertraut. Niemand kann ihr dabei helfen, jemandem zu vertrauen. Nur sie selbst kann das – indem sie es sich erlaubt.
Dazu gehört Mut. Angel hat das Gefühl, sich im freien Fall ins Bodenlose zu stürzen. Wieder vernimmt sie die Stimme der Wasserfee:

Lasse deine Angst vor dem, was du nicht kennst und erklären kannst, los. Vertraue: dir selbst, dem Leben und der Liebe.

Angel schließt die Augen und atmet tief durch. Zu Hause würde sie sich diese Worte als Mantra eingerahmt an die Wand hängen.
Sie sieht das Bild von Lucas vor sich – wie er sie schelmisch lächelnd ansieht, als wollte er ihr zu rufen: Trau dich und vertrau mir.
Gedanklich antwortet sie ihm: Ja, ich trau mich.
Die Zukunft wird zeigen, ob auch Vertrauen ihm gegenüber gerechtfertigt ist.

ÜBERSICHT DER HANDELNDEN PERSONEN

Gegenwart:

ANGEL -
Hauptperson,
heißt eigentlich Angelina,
Name im Sinne von: Bote Gottes, Engel

CAROLIN -
Angels Freundin und Kollegin,
Namensbedeutung im Sinne von: die Starke, die Freie

MARKUS –
Deutscher Freund von Angel und Carolin,
alter römischer Vorname - Sohn des Mars;
Namensbedeutung im Sinne von: Träger von Mars-Energie: zielstrebig, kraftvoll

LINA –
Aus den Niederlanden,
mit Carolin befreundet,
Namensbedeutung im Sinne von: Licht, Engel, die Reine

JAN –
Aus den Niederlanden,
Freund von Carolin,
aus dem hebräischen: Name Gottes;
Namensbedeutung im Sinne von: (die genannte Person ist) gnädig, gütig

LUCAS –
liebt Angel bereits aus der Zeit von Avalon als LEAN;
Aus Irland mit deutscher Mutter und irischem Vater;
Namensbedeutung im Sinne von: der (innen und außen) Leuchtende

BOTSCHAFTER DER LIEBE -
Angels Kristallschädel

Avalon:

RIGANI –
Angels frühere Inkarnation;
verwendet im Sinn nach der altkeltischen Göttin: Herrscherin, Richterin, Allgöttin -
Göttin des Lebens, Handels, der Kunst u. Liebe, Muttergöttin

EREC –
Geliebter von Rigani,
Sohn des Anführers des Drachenclans;
Namensbedeutung im Sinne von: mächtig, groß, Anführer, der Alleinherrschende

LEAN –
Freund und Begleiter von Erec,
Mitglied des Drachenclans,
Namensbedeutung im Sinne von: ein Mann des Volkes (in der Rangordnung des
Clans: Untergebener von Erec)

WASSERFEE –
Hohepriesterin von Avalon,
Mäzenin und mütterliche Freundin von Rigani

ANMERKUNGEN DER AUTORIN

Die vorliegende Geschichte ist frei erfunden.
Sie spielt an realen historischen Schauplätzen, wobei nicht die wahrheitsgetreue
Wiedergabe von geschichtlichen Ereignissen und Handlungsorten, sondern die
persönliche Geschichte der Hauptfigur im Vordergrund steht.

Gleichzeitig sind die Namen der handelnden Personen von mir bewusst gewählt,
um die Bedeutung der jeweiligen Rolle zu unterstreichen.

QUELLEN:

http://www.vorname.com/name,Angelina.html

http://www.vorname.com/name,Carolin.html

http://www.vorname.com/name,Markus.html

http://www.kidsgo.de/vorname/Lina-Bedeutung-Herkunft

http://www.vorname.com/name,Jan.html

http://www.vorname.com/name,Lucas.html

http://www.vorname.com/name,Rigani.html

http://www.vorname.com/name,Eric.html

http://www.vorname.com/name,Leander.html